हिन्द पॉकेट बु

हेलन की आत्मकथा

सुधीर निगम हिन्दी के जाने-माने लेखक हैं। आपने एम.ए. (हिंदी) करने के बाद लेखन में विशिष्ट छाप छोड़ी। आपकी लिखी रचनाओं में *हिंदी व्यवहार, शब्दावली; मैं धृतराष्ट्र, क्लियोपेट्रा कथा, नीरो की डायरी, हेलन की आत्मकथा* (उपन्यास) प्रमुख हैं। आपके लगभग 150 शोधपरक पौराणिक-ऐतिहासिक कथा लेख, कहानियाँ, कविताएँ, सामाजिक आलेख प्रकाशित हो चुके हैं।

हेलन की आत्मकथा

(उत्तरार्द्ध में रोम सम्राट नीरो की डायरी सहित उत्कृष्ट ऐतिहासिक उपन्यास)

सुधीर निगम

हिन्द पॉकेट बुक्स
पेंगइन रैंडम हाउस इम्प्रिंट

हिन्द पॉकेट बुक्स

यूएसए। कनाडा। यूके। आयरलैंड। ऑस्ट्रेलिया। सिंगापुर
न्यू ज़ीलैंड। भारत। दक्षिण अफ्रीका। चीन

हिन्द पॉकेट बुक्स, पेंगुइन रैंडम हाउस ग्रुप ऑफ़ कम्पनीज़ का हिस्सा है,
जिसका पता global.penguinrandomhouse.com पर मिलेगा

पेंगुइन रैंडम हाउस इंडिया प्रा. लि.,
चौथी मंजिल, कैपिटल टावर -1, एम जी रोड,
गुड़गांव 122 002, हरियाणा, भारत

पेंगुइन
रैंडम हाउस
इंडिया

प्रथम संस्करण हिन्द पॉकेट बुक्स द्वारा 2010 में प्रकाशित
यह संस्करण हिन्द पॉकेट बुक्स में पेंगुइन रैंडम हाउस द्वारा 2022 में प्रकाशित

10 9 8 7 6 5 4 3 2

ISBN 9789353490539

मुद्रकः रेप्रो इंडिया लिमिटेड

www.penguin.co.in

MIX
Paper from responsible sources
FSC® C047271
FSC www.fsc.org

This is a legitimate digitally printed version of the book and therefore might not have certain extra finishing on the cover.

समर्पण

मैं अपना यह उपन्यास उन पाठकों
को समर्पित करता हूँ, जो मेरे
उपन्यासों पर शोध कर रहे हैं!

भूमिका

इतिहास में बस एक संक्षिप्त-सा उल्लेख मिलता है कि सिकंदर की मृत्यु के बाद यूनानी सेनापति सेल्यूकस द्वारा भारत पर आक्रमण किए जाने और उसके पराजित होने पर एक संधि के तहत उसकी पुत्री का विवाह सम्राट चंद्रगुप्त मौर्य से हुआ था। परंपरा से इस कन्या का नाम कार्नेलिया एवं लोक-प्रचलित नाम हेलन माना गया है।

हेलन यूनानी संस्कारों के साथ मगध के राजभवन में आई, परंतु वह स्वयं भारतीयता के रंग में रंग गई। उसके साथ कई यूनानी दासियां थीं, फिर भी उसने भारत में यूनानी भाषा के प्रचार में कोई रुचि नहीं ली, क्योंकि भारत आने के पूर्व ही वह भारतीय भाषा और संस्कृति में रच-बस चुकी थी। उस समय भारतीय विद्वान सीरिया तक जाते थे। यही कारण है कि भारत में यूनानी भाषा के प्रचलन का कोई साक्ष्य नहीं मिलता। परंतु हेलन को भारतीय-यूनानी संस्कृति के संगम के रूप में देखा जा सकता है। उसकी उपस्थिति से छोटे-छोटे यूनानी लोक-विश्वास तत्समय प्रचलित हो उठे थे, जो हमारी परंपरा में ऐसे घुल-मिल गए कि आज उनका पृथक अस्तित्व ही नहीं रह गया है।

हेलन की कथा में जहां एक ओर तत्कालीन भारतीय संस्कृति के स्वरों, राजकीय व्यवस्थाओं, सामाजिक व्यवहारों, नैतिक परंपराओं, जीवन-पद्धतियों आदि का इतिहास झांकता है, वहीं व्यक्तिगत सोच, रहन-सहन की शैली तथा पारिवारिक अनुकूलन के जातीय रंग भरे हुए हैं।

मातृ-विहीन राजकुमार बिंदुसार को मां का प्यार स्वयं मातृ-सुख से वंचित

रहकर दिया। कौन विश्वास करेगा कि एक सेनापति की पुत्री अहिंसावादी होगी। इन्हीं संस्कारों का बीज उसने बिंदुसार में रोपित किया, जो अगली ही पीढ़ी में अशोक के रूप में फलित हुआ। मौर्यकालीन इतिहास के कई अनुत्तरित प्रश्नों के उत्तर खोजने का प्रयास किया गया है। यथा बिंदुसार का एक अज्ञात ब्राह्मण कन्या शुभद्रांगी से विवाह करने का क्या कारण था; दक्षिण विजय के पश्चात् उड़ीसा की ओर अग्रसर होने के पश्चात् बिंदुसार अचानक वापस लौट क्यों लौट पड़ा; आधुनिक काल में चाणक्य के 'अर्थशास्त्र' की प्रामाणिक प्रति दक्षिण में क्यों और कैसे पाई गई! इन प्रश्नों के समाधानपरक उत्तर उपन्यास में मिलेंगे।

सिंकदर के भारत सहित अन्य देशों पर आक्रमण करने की मनोवैज्ञानिक पृष्ठभूमि, उसके गुणावगुण, यूनान की तत्कालीन अनुदार सामाजिक, राजनीतिक और शैक्षणिक पृष्ठभूमि की झांकी का रंग भी यत्र-तत्र इस कथा में बिखरा मिलेगा। इसका आभास भी कदाचित् मिलेगा कि इतिहास किस तरह खुद को दोहराता है।

कथा में हेलन के जन्म से लेकर मृत्यु तक के विविध रंग तो हैं ही, विदेशी कन्या को भारतीय राजा के लिए स्वीकार करने की तत्कालीन सामाजिक उहापोह को अपने तर्कों से निरस्त करने के चाणक्यीय उपाय कम रोचक नहीं हैं। विदेशी कन्या से शुरू हुई यह पुरानी कहानी आज के विदेशी मूल के शोर तक पहुंचती है।

– सुधीर निगम

हेलन की आत्मकथा

एक

मेरा जीवन बड़ी विचित्रताओं से भरा है, इसीलिए उसकी कथा में 'रस' होने के प्रति आश्वस्त हुआ जा सकता है। एक संयोग देखिए—मेरे पिता यूनानी, मां ईरानी और पति हिंदुस्तानी हैं। मुझे संतान-सुख नहीं मिला यानी मेरी अपनी संतति नहीं है। अतः मेरी कथा का अंत है। भारतीय संस्कृति में पुत्र की कामना इसी कारण की जाती है कि व्यक्ति की कथा आगे बढ़ती रहे।

कथाएं मैंने अपने पिता सेल्यूकस से सुनीं। मैं पिता को बाबा कहती थी। बाबा की कही हुई कथाएं आपके लिए इतिहास हैं। मेरे बाबा तो जीवंत इतिहासकार हैं। उन्होंने ही मुझे बताया कि अपने यश के लिए और यूनान के साथ अपनी पहचान बनाने के लिए सिकंदर महान् फारस पर हमला किया। बड़ी वीरता से युद्ध लड़कर उसने फारस की शीतकालीन राजधानी सूसा और बसंत की राजधानी बेबीलोन पर अधिकार कर लिया। वह समारोहों की राजधानी पर्सीपोलस पहुंचा जहां के खजाने को देखकर उसकी आंखें चुंधिया गईं। पूरा खजाना बीस हजार खच्चरों और पांच हजार ऊंटों पर लाद कर हटाया गया। नशे मे धुत होकर उसने राजमहल में आग लगाने की आज्ञा दे डाली। फारस में सिकंदर की विजय का एक कारण बाबा यही मानते थे कि तत्कालीन राजा दारा तृतीय अपने पूर्ववर्ती की हत्या कर राजगद्दी पर बैठा अतः जनता उससे नाराज थी और उसका सहयोग उसे नहीं मिला। वह राजा स्वयं भी बहादुर न था।

विजय प्राप्त करने के बाद सिकंदर फारस के पराजित सम्राट दारा की पत्नी और दो पुत्रियों को देखकर उन पर मोहित हो गया। इसके पूर्व वह सोग्डियाना (समरकंद) की राजकुमारी रोक्सेना से विवाह कर चुका था,

यद्यपि उसके गुरु अरस्तू ने उसे नारी से सदा दूर रहने के लिए कहा था। इस उपदेश के पीछे उनके अपने तर्क रहे होंगे। कहा जाता है कि उनका अपना वैवाहिक जीवन अत्यंत कटु था। कदाचित नारी-गरिमा के विरुद्ध होने के कारण वे तर्क बाबा ने मुझे नहीं बताए। रोक्सेना से विवाह से पूर्व तक भले ही नारी से दूर रहकर सिकंदर महान् स्वयं को पक्षी की तरह स्वतंत्र, शरद ऋतु की भांति पवित्र, कमल पत्र के समान निर्लिप्त समझते रहे हों परंतु फारस में रूप, सौंदर्य और मनीषा की देवी-ईरानी राजपुत्री की कामना उसके मन में ऐसी उमड़ी कि वे पैर में शूल गड़े सिंह की तरह अपनी भावनाओं से अवश हो गए।

गुरु के उपदेश की उपेक्षा को छिपाने और दूसरे विवाह का औचित्य सिद्ध करने के लिए राजनीतिक कारणों की आड़ में सिकंदर ने फारसी राजकन्या से विवाह किया। धर्म, जाति, राष्ट्र, संस्कृति के आधार पर उनके विवाह का विरोध न हो इसलिए उन्होंने अपने अस्सी उच्च अधिकारियों को कुलीन फारसी कन्याओं से विवाह करने के लिए बाध्य किया। इस सामूहिक विवाह में मेरे बाबा भी दूल्हा बने।

बाबा ने विवाह यद्यपि राजाज्ञा से बाध्य होकर किया था, परंतु मेरी सौंदर्यमयी माता ने अपने शालीन व्यवहार से उनका हृदय जीत लिया होगा। मां को देखकर मुझे तो लगता है कि बाबा माता के सौंदर्य के स्वर्ण-पाश में बंध गए होंगे। विवाह के एक वर्ष बाद जब मैं बाबा की गोद में आ गई तो मेरे जैसा मुकलित पुष्प पाकर वे मां के उपकृत हो गए। सिकंदर महान् की जब मृत्यु हुई उस समय मैं तीन वर्ष की थी और मां के साथ ईरान में ही रहती थी। बाबा ने हमें यूनान बुला लिया। वह समय विकट राजनीतिक हलचल का था। बाबा युद्ध में व्यस्त हो गए और मैं बड़ी होती रही। अंततः जब मैं दस वर्ष की हुई तब तक बाबा ने सीरिया में अपना स्वतंत्र राज्य स्थापित कर दिया। बेबीलोन और बैक्ट्रिया प्रदेश विजित कर उन्होंने पर्याप्त ख्याति अर्जित कर ली थी। मैं यूनान से सीरिया आ गई।

बाबा यूनानी संस्कृति-सभ्यता में रचे-बसे थे, परंतु उनका दृष्टिकोण उदारवादी था। यूनान में स्त्रियों के लिए सार्वजनिक जीवन निषिद्ध था

परंतु घर में उनकी सार्वभौम सत्ता होती थी। छह वर्ष की आयु के बाद लड़कियां लड़कों से अलग कर दी जाती थीं। लड़के स्कूल जाने लगते और लड़कियां घर में रहकर गृहस्थी का काम सीखतीं।

यूनान में स्त्री-शिक्षा का प्रचलन नहीं था। कदाचित् इसका कारण यह रहा हो कि कहीं भी स्थाई स्कूल-भवन नहीं थे और अध्यापक अपने विद्यार्थियों को गलियों में पढ़ाया करते। पढ़ने के लिए अभिभावक अपनी लड़कियों को गली में भेजना उचित नहीं समझते थे। बहरहाल पढ़ने-लिखने के साथ कविता, संगीत और गणित का विशेष आग्रह रहता। शिक्षा के लिए बच्चों पर माता-पिता का कठोर अनुशासन होता था। सत्रह-अठारह वर्ष तक के युवक अपने सेवकों के साथ निजी विद्यालयों में जाते, जहां वे बांसुरी बजाना और ठीक से लिखना सीखते। सरकार ने शिक्षा अनिवार्य कर रखी थी, पर विडंबना यह थी कि सरकारी विद्यालय कहीं नहीं थे।

बाबा स्वयं उच्च शिक्षित थे अतः शिक्षा का महत्व समझते थे। अपने राज्य में उन्होंने विद्यालय बनवाए और शिक्षा का प्रसार किया। स्त्री-शिक्षा पर कोई प्रतिबंध नहीं था। बाबा की इसी उदारवादी दृष्टि के कारण मेरे ऊपर प्रारंभ से ही कोई बंधन नहीं रखा गया। बचपन में मैं लड़कों के साथ खूब खेलती थी। गेंद खेलना और पतंग उड़ाना मुझे सबसे अधिक प्रिय था।

मेरी शिक्षा का बहुत अच्छा प्रबंध किया गया था। मैंने चित्रकारी सीखी। मानव, जंतु और प्रकृति का चित्रांकन मेरे प्रिय विषय थे। मां मेरी शिक्षा में बहुत रुचि लेती थी। वे मुझे सर्वगुण-संपन्न-सुंदरी के रूप में विकसित करना चाहती थी। हमेशा कहा करतीं, 'पुत्री कार्नी (बाबा ने मेरा नाम कार्नेलिया रखा था) सत्ता और ऐश्वर्य प्राप्त करने से कहीं अधिक महत्वपूर्ण होता है व्यक्ति की मानसिक शक्तियों का विकास। उनकी इस शिक्षा से मेरे मन में मानव-विवेक की शक्ति के प्रति आस्था जाग्रत हुई और इससे व्यक्तिगत प्रेरणा को स्वतंत्र रूप से कार्यशील करने की आकांक्षा ने जन्म लिया।

एक दिन मैंने बाबा से पूछा, "आप सिकंदर के देश मकदूनिया के मूल

निवासी हैं, परंतु आपके आचरण से ऐसा क्यों लगता है जैसे आप यूनानवासी हों?"

प्रश्न सुनकर बाबा पहले तो थोड़ा हंसे फिर पता नहीं कहां अतीत में खो गए। मैंने भी उन्हें इस स्थिति से बाहर लाने की कोई चेष्टा नहीं की चुप बैठी रही। अपने अतीत से प्रत्येक व्यक्ति को मोह होता है और जब वह अतीत सेल्यूकस-जैसे सिकंदर के सेनापति का हो तो मन पता नहीं कहां-कहां अटक जाएगा।

कुछ देर बाद बाबा प्रकृतस्थ हुए। देर तक मुझे प्रतीक्षारत रखने के लिए उन्हें किंचित अपराध-बोध हुआ, पर साथ ही उन्हें मेरे धैर्य और संयम पर प्रसन्न आश्चर्य हुआ। मुझे भरपूर दृष्टि से देखा जैसे तौल रहे हों कि कही मेरी कैशोर्य का स्थान नवागत यौवन-गांभीर्य ने तो नहीं ले लिया है।

पिता की गरिमा से आपूरित बिना किसी भूमिका के बाबा ने कहना प्रारंभ किया–'मेरी पितृभूमि मकदूनिया एक अर्ध-सभ्य राज्य था। शिक्षा, नीति, सदाचार के लिए वह यूनान पर आश्रित रहा। अतः मेरी शिक्षा-दीक्षा यूनान में ही हुई। सिकंदर का गुरु अरस्तू यूनानी था। विवेकशीलता, मानववाद और नागर-गुण यूनानियों में भरपूर थे, पर उनमे संगठन की क्षमता का अभाव था। इसका कारण उनकी लड़खड़ाती नैतिकता और परस्पर सद्भावना की कमी थी।'

"आप ठीक कहते हैं बाबा," मैंने उनकी आंखों में झांकते हुए कहा, "मैंने भी वहां ऐसा ही अनुभव किया था।"

"क्या कह रही हो कार्नी! कहां की बात कर रही हो?" मेरी गंभीर वाणी से बाबा कुछ उद्विग्न हो उठे।

"पिछले वर्ष जब हम यूनान गए थे तो आपने मुझे कई देवस्थान दिखाए थे।"

"हां मुझे याद है हम लोग देव-स्थानों पर गए थे।"

"उन देव-मंदिरों में स्थापित यूनानी देवताओं की संगमरमरी प्रतिमाओं को देखने पर मुझे ऐसा लगा जैसे उन पर एक उदासी का भाव विद्यमान हो और जैसे वे मूतियां कहना चाहती हो कि वे सतत आनंद और चिरंतन सुख

में रहने वाले यूनानियों में से एक हैं फिर भी उदास हैं, उनके पास महिमा, स्वर्गिक सौंदर्य, अनंत यौवन, शाश्वत आनंद सब कुछ है फिर भी वे सुखी नहीं हैं। बता सकते हैं बाबा, ऐसा क्यों लगा था मुझे?"

"इसका कारण था कि यूनानियों ने सिर्फ अपने लिए जीना सीखा। औरों के लिए उनके पास केवल प्रताड़ना थी, वंचना थी। वे भले नहीं थे इसलिए उन्हें विनष्ट होना पड़ा।"

"क्या यूनान इसीलिए पददलित होता रहा?"

"तुम्हारी प्रतिक्रिया उचित है कार्नी। देखता हूं प्राचीन इतिहास में तुम्हारी रुचि बढ़ती जा रही है। जब मैं इंडिका में था..."

"बाबा! बात यूनान की हो रही थी।" मैंने उन्हें बीच में टोक दिया। जानती हूं, उन्होंने विषयांतर इसलिए किया कि वे यूनान पर कोई आक्षेप नहीं करना चाहते थे।

मेरी बात पर बाबा ने धीरे से सिर हिलाया जैसे कहना चाहते हो कि यह लड़की तो बहुत चतुर-चालाक हो गई है। इस अव्यक्त प्रशंसा-भाव से आपूर्त बाबा ने कहना प्रारंभ किया, "यूनान का विकास वास्तव में 'पौलिस' यानी नगर का विकास था। नगरों के समूह थे पर यूनान का प्रत्येक नगर एक स्वाधीन पृथक राज्य था। ये नगर परस्पर युद्ध करते रहते थे और नगरों के भीतर भयानक वर्ग-संघर्ष होते रहते थे। यूनानियों को नगर-राज्यों को, उनमें व्याप्त निरंकुशता को व्यवस्थित करने के नियम नहीं मालूम थे। यूनानी राष्ट्र की बात वे नहीं सोच सके और न ही संघटित होकर राज्य का निर्माण कर सके।"

"अभी आप ने इंडिका का नाम लिया था।" मैंने बाबा को अवसाद से बाहर निकालना चाहा।

"इंडिका यानी हिंदुस्तान की भी न्यूनाधिक यही स्थिति है। उस देश की सभ्यता अति प्राचीन है पर राजनीति बिखरी हुई है। केंद्रीय शासन का अभाव है"

"इसी कारण सिकंदर महान् वहां विजय प्राप्त कर सके?"

मेरे प्रश्न को बाबा ने मेरा वक्तव्य समझा, इसलिए वे उठे, मेरे सिर पर हाथ फेरा और चले गए।

मुझे नए-नए स्थानों पर घूमने, उनका इतिहास जानने में बहुत आनंद आता था। बाबा मुझे इस दिशा में प्रोत्साहित ही करते। मुझे घुड़सवारी और शिकार का शौक बाबा ने लगा दिया था। मां इसका विरोध करती पर, मैं उनसे लड़-लड़ाकर अपना शौक पूरा करती रहती। यूनान और मकदूनिया मैं घूम ही चुकी थी, सीरिया भी खूब घूमी।

साहित्य तो जैसे मेरा प्राण था। हिंदुस्तान की अनेक बौद्ध कथाएं, श्रुति कथाएं, पौराणिक कथाएं तथा सांस्कृतिक विचारधाराएं हमारे सीरिया आने से पहले ही वहां पहुंच चुकी थीं। कई सीरियाई जातियां हिंदुस्तान के सांस्कृतिक प्रभाव-क्षेत्र में थी। हमारा साम्राज्य भी हिंदुस्तान की पश्चिमी सीमा तक फैला था, जहां यूनानी बस्तियां विकसित हो चुकी थीं।

हिंदुस्तानी सभ्यता और संस्कृति में मेरी गहन रुचि देखकर, बाबा ने मेरी सहमति से, वहां से दो शिक्षक बुलाकर मुझे पढ़ाने के लिए नियुक्त कर दिए। मां को संतोष हुआ कि दोनों शिक्षक वृद्ध हैं। उनके परामर्श पर मैंने पहले संस्कृत भाषा सीखी और साथ ही धर्मग्रंथों और कथा-साहित्य का अध्ययन प्रारंभ कर दिया। यह क्रम दो वर्ष तक बड़ी गंभीरता से चलता रहा।

हमारे महल में सेवक बहुत थे पर दास कोई नहीं था। बाबा को दास-प्रथा से घृणा थी। अरस्तू के इस कथन से वे सहमत नहीं थे कि कुछ लोग नैसर्गिक रूप से कमजोर हो जाने के कारण दास हो जाते हैं इसलिए दास-प्रथा उचित है। इसके विपरीत बाबा यह तर्क देते कि सभी कमजोर लोग तो दास नहीं होते। बाबा के विचारों का मैं पूरी तरह आदर करती।

दास-प्रथा का प्रसंग अचानक ही मेरे मन में नहीं उभरा। किसी संदर्भ मेरे हिंदुस्तानी शिक्षकों ने बताया कि कई सौ वर्ष पूर्व यूनान की स्त्रियां और कन्याएं वहां से ले जाकर सिंधु उमत्थका में बेची जाती थीं। मैंने जब गहराई से तथ्य पता किए तो बात सही निकली। वास्तव में यूनान के क्रीट द्वीप के क्रोनस, टायर और ट्राय नगर यह धंधा करते थे। महिलाएं उत्तरी यूनान की होती थीं। अतंतः उत्तरी यूनान जब जागा तो विरोध-स्वरूप उसने क्रीट-सभ्यता को ही नष्ट कर दिया।

शिक्षकों ने मुझे राम और कृष्ण के चरित्र से परिचित कराया। वास्तव में यूनानी और हिंदुस्तानी संस्कृति के तुलनात्मक अध्ययन में मेरी रुचि थी। यूनानी देवता अपोलो और कृष्ण में मुझे सादृश्य प्रतीत हुआ। कई समानताएं तो आश्चर्य में डालने वाली थीं। अपोलो प्रकाश का देवता है, कृष्ण ने भी गीता के माध्यम से ज्ञान का प्रकाश फैलाया। अपोलो कलाओं का अधिष्ठाता देवता माना जाता है। उसकी साथी 'म्यूज' नामक देवियां हैं जो नृत्य, संगीत और काव्य की संरक्षिकाएं है। कृष्ण की वेणु (कभी-कभी अपोलो को बांसुरी लिए दिखाया जाता है) संगीत का चरम थी और गोपियां ही उनकी 'म्यूज' थीं जो नृत्य और गायन में पारंगत होती थीं। पाइथन नामक सर्प अपोलो के हाथों मारा जाता है, कृष्ण कालिया नाग का दमन करते हैं। दोनों देविताओं की छवि सुंदर और मोहक मानी गई है।

इसी प्रकार जुपिटर और इंद्र समान हैं। दोनों लंपट है और पर स्त्री पर दृष्टि रखते हैं। जुपिटर बिजली हाथ में लेकर मेघों पर शासन करता है, इंद्र के हाथ में वज्र रहता है और वे भी मेघों के देवता है।

एम्पीडोक्लीज, पाइथागोरस, प्लेटो आदि दार्शनिक यूनान के पैगंबर और गुरु आर्फियस से प्रभावित थें। इनके विचार और सिद्धांत हिंदुस्तान के वैदिक विचारों से मेल खाते हैं। वे पुनर्जन्म के सिद्धांत को मानते हैं, जीवन-प्रणाली में तप-साधन को महत्व देते हैं, आत्मानुशासन से मोक्ष-प्राप्ति का मार्ग दिखाते हैं, तप-योग द्वारा आत्मा की सात्विकता और परमानंद की अति उच्च स्थिति तक पहुंचने की बात करते हैं। मेरा मन वैदिक साहित्य का गहन अध्ययन करने को उत्सुक हो उठा जिसके लिए सुविधाएं यहां उपलब्ध नहीं हैं। पहली बार मन में आकांक्षा जागी कि काश मैं हिंदुस्तान जा पाती और वहां कुछ समय व्यतीत कर पाती।

ज्ञानार्जन के गांभीर्य ने मेरे व्यवहार में परिवर्तन कर डाला। मेरी उच्छृंखलता का स्थान सौम्यता ने ले लिया। मां ने इस परिवर्तन को देखा, पर समझा यही कि यह सब मेरी बढ़ती आयु के कारण है। मैं बीसवां बसंत देखने वाली थी। यूनान में लड़कियों की शादी चौदह वर्ष की होते ही कर दी जाती थी। इस परंपरा की जड़ें कदाचित उस काल में पड़ी हों जब यूनानी

लड़कियों को बाहर ले जाकर बेच दिया जाता था। मुझे तो बीस वर्ष की हो जाने पर भी नहीं लगता कि मेरा विवाह हो जाना चाहिए। सपनों के राजकुमार के बारे में सोचने का जैसे मेरे पास अवकाश ही नहीं था।

एक दिन मां ने मुझे कई फारसी परिधान दिए। साथ में आभूषण भी थे। मैंने उनकी भेंट अपूर्व उत्साह से स्वीकार की। मां की आंखों में एक ऐसी दुश्चिंता झलक रही थी, जो सांसारिक अनुभव का परिणाम होती है। मैंने अतिरिक्त स्नेह दिखाते हुए उनकी चिंता का कारण पूछा तो अचानक उनका मन क्षुब्ध हो उठा। मुझे लगा जैसे वन का पुराना पेड़ तेज हवा में झोंके से भरभराकर गिर पड़ा हो। मैं मां के हृदय से लगकर उन्हें मूक सांत्वना देने लगी। अनुराग में ऐसी अपरिभाषित शक्ति और अव्यक्त सुगंध होती है, जिससे हम एक दूसरे के मन की बात सूंघ लेते हैं।

शांति के कुछ क्षण बीते। मां वैसे भी मितभाषी थी, पर मुझे लेकर व्यथित थी। बोला, "तेरे बाबा राजकाज में व्यस्त रहते हैं और तू अपने अध्ययन में उनसे भी अधिक व्यस्त रहती है। तेरी पढ़ाई को मैं बुरा नहीं समझती। बस मेरी एक सीख याद रखना कि कुछ भी करना, पर रस के समुद्र का कमल सदैव खिलाए रखना।"

मां के इस सारगर्भित कथन पर मैं मुग्ध हो गई।

मेरी मुग्धता पर प्रसन्नता का अभिषेक करने के लिए लंबे-लंबे डग भरते हुए सम्राट सेल्यूकस को हमने अपने प्रकोष्ठ की ओर आते देखा। राजमहल में हम तीन प्राणियों–मैं, बाबा और मां–के बीच राजकीय औपचारिकताएं न थीं। कोई किसी के भी प्रकोष्ठ में कभी भी जाने को स्वतंत्र था। लंबे-लंबे डग भरते चले आ रहे बाबा की क्षिप्र गति को देखकर मैं समझ गई कि वे किसी युद्ध-अभियान का समाचार मुझे देने आ रहे हैं।

मैंने अपने देवता मनाए–"देव, यह अभियान हिंदुस्तान की ओर हो।" देव जैसे तत्काल प्रसन्न हो गए हों, बाबा ने आते ही कहा, "क्रोनी, हम हिंदुस्तान की ओर प्रयाण कर रहे हैं। हिरात ने मेगस्थनीज से सूचना भेजी है कि कंधार, काबुल और मकराना में विद्रोह के बादल छा रहे है, जो शत्रु की घात से कभी भी बरस सकते हैं। अतः समय रहते उपाय करना ठीक रहेगा। तुम्हारी भी यात्रा हो जाएगी। चलने की तैयारी कर लो।"

बाबा की बात सुनकर उल्लास में मेरा रोम-रोम सिहरन से भर गया। बाबा जानते हैं कि उनकी राजनीति से मैं सरोकार नहीं रखती। वे यह भी जानते हैं कि युद्ध मुझे प्रिय नहीं है फिर भी युद्ध के माध्यम से अपने उत्कर्ष की ओर गतिशील पिता के पावों की बेड़ी मैं कभी नहीं बनी, पर इस बार पता नहीं क्यों हृदय के एक कोने से अव्यक्त चाह उठी कि बाबा हिंदुस्तान की भूमि पर युद्ध न करें।

मुझे बाबा के साथ युद्ध-अभियानों पर जाते देख मां का हृदय कितना अकुलाया होगा यह मैं जानती थी। फिर भी उनकी ओर से, जननी के अधिकार से, विरोध का कोई स्वर कभी नहीं सुना। मां ने चुपचाप मेरी तैयारियां प्रारंभ कर दी। इस बार उनकी तैयारियां पता नहीं क्यों, बहुत कुछ वैसी ही थी जैसी तैयारी शादी के समय बेटी को विदा करने से पूर्व माताएं करती हैं। कभी-कभी नियति हमें ऐसे संकेत देती है, जिन्हें हम उस समय नहीं समझ पाते, पर समय आने पर उनकी संगति बिठा लेते हैं। एक बार मन में यह विचार आया कि बाबा से कहकर इस बार मां को भी साथ ले चलें, पर मैं जानती थी कि बाबा भले ही स्वीकृति दे दें पर मां चलने को कभी तैयार न होगी।

ज्ञात हुआ कि शस्त्र-विद्या में निपुण लगभग सौ युवतियां भी मेरी रक्षा के लिए साथ जाएंगी। कई सहेलियों ने भी साथ चलने का प्रस्ताव रखा, जिसे मानकर मुझे प्रसन्नता हुई। मां से मैंने स्पष्ट कह दिया कि कोई या कुछ मेरे साथ चले या न चले पर अन्य ग्रंथों के अतिरिक्त 'इनीड' और 'इलियड' भी साथ जाएंगे। अपोलो की एक नन्ही प्रतिमा भी मेरे व्यक्तिगत सामान में सम्मिलित हो गई।

विदा होते समय मां से लिपटकर मैं बहुत रोई। बाबा धैर्य धारण किए कुछ दूर खड़े मेरी प्रतीक्षा करते रहे। पता नहीं क्यों इस बार मां से बिछुड़ने की अव्यक्त पीड़ा हृदय में गहरे तक गस गई।

चलने से पहले पुरोहितों ने बाबा को आर्शीवाद दिया–"सम्राट! देश की एकता, श्री, सिद्धि के लिए आपका अभियान सफल हो। देवता आपके सहायक रहें। युद्ध की विभीषिका में विनाश फलता-फूलता है लेकिन उसके

बाद देश और समाज की संरचना अधिक चेतन और उर्ध्वगामी होती है। देव सहायता करे। आपका नाम मिटाए न मिटे, आपका यश पोत काल के समुद्र में अनंतकाल तक चलता रहे। देवता सदा आपके साथ रहें।"

मैं सोच रही थी कि यह संसार दैव और पुरुषार्थ पर अवलंबित है, पर यह तभी सफल होगा जब उद्योग किया जाय।

बाबा ने मंदिर के लिए दान दिया, जिसे लेकर पुरोहित चले गए।

यात्रा प्रारंभ हुई।

सुरक्षा की दृष्टि से हमारा छोटा-सा महिला-दल सेना के बीच में चल रहा था। मैं अपने रथ में आराम से लेटी थी, मेरी सहेली सारा मेरे निकट बैठी थी। सारा यूनान की थी और मुझसे दो वर्ष बड़ी थी। यूनानी कन्याओं की विडंबना के विपरीत उसके भाग्य में शिक्षा लिखी थी। उसका पिता अध्यापक था, जिसने उसे अति शिक्षा दी। 15 वर्ष की आयु में उसका विवाह हो गया, परंतु दो वर्ष बाद ही पति ने उसे त्याग दिया। अपनी प्रेमिकाओं के लिए यूनानी पति अपनी पत्नी त्यागने तक को तैयार रहते थे और मजा यह कि समाज में इसे बुरा नहीं माना जाता।

सारा वास्तव में विदुषी कन्या थी। यूनान में विवाह-विच्छेद के बाद पचीस वर्ष तक की स्त्री 'कन्या' कहलाती है। परित्यक्ता भी किसी से प्रेम-निवेदन कर सकती है, पर सारा ने ऐसा नहीं किया। उसने अपने जीवन की दिशा ज्ञानार्जन की ओर मोड़ दी। किसी के माध्यम से सारा हमारे राजमहल में नौकरी करने आई थी, पर मेरी सहेली बन गई। उसके राजमहल में आने से मेरी ज्ञान-पिपासा अपेक्षाकृत और भी बढ़ी थी।

हमारी यात्रा जारी थी। बीच-बीच में पड़ाव आते रहे। कहीं झरने मिलते तो हम उन्मुक्त स्नान का आनंद लेते। आसपास वन में भ्रमण करते। नए वृक्ष और पुष्पों के नामों से अनजान हम उसके नए नाम रखते। एक महिला सैनिक टुकड़ी सदा हमारी सुरक्षा को सन्नद्ध रहती।

दो

अंततोगत्वा हम हिंदुस्तान की सीमा पर पहुंच गए। एक सुरक्षित स्थान पर स्थाई पड़ाव डाला गया। बाबा सेना लेकर युद्ध करने चल पड़े। एक दिन बाद सूचना मिली कि बाबा ने कपिश दुर्ग जीत लिया है और अब तक्षशिला की ओर अग्रसर हैं। तक्षशिला-ज्ञान का पीठ। अब वहीं युद्ध होगा। मेरा मन विचलित होने लगा और मैं अनजाने ही उदास हो गई। सारा ने मुझे बहलाना चाहा, पर असफल रही। अंत में उसने यूनानी कवि हेसिअड की गीतमय नीतिकथा गाकर सुनाई। गीत का केंद्रीय भाव कुछ इस प्रकार था–"एक बाज अपने पंजों में चमकीली आंखों वाली बुलबुल दबाकर बड़ी तेजी से आकाश में उड़ रहा था। उसके तीखे पंजो में फंसी बुलबुल करुण क्रंदन कर रही थी। बाज ने सदर्प कहा कि अरी अभागिन तू क्यों चीची करके रो रही है। तेरा तड़पना भी व्यर्थ है क्योंकि मेरे शक्तिशाली पंजों से तू मुक्त नहीं हो पाएगी। तू कुछ भी कर मैं तो जहां चाहूं तुझे ले जा सकता हूं। वैसे तो मेरा निश्चय तुझे खाने का है, पर चाहूं तो तुझे छोड़ भी सकता हूं।"

गीत समाप्त करने के पश्चात् सारा मौन रहकर मेरी प्रतिक्रिया भांप रही थी। मुझे लगा गीत की बुलबुल मैं ही हूं, पर यह बाज कौन है?

तभी अचानक बाबा ने शिविर में प्रवेश किया। उनके अंगरक्षक बाहर ही रुक गए थे। बाबा उस समय मुझे एकदम बूढ़े-से दिखाई दे रहे थे। उनके

कांतिहीन मुख को देखकर मेरे शरीर में अदृष्ट भय की सिहरन दौड़ गई। स्त्री के हृदय में प्रेम और भय साथ-साथ पलता है।

तक्षशिला में बाबा युद्ध हार चुके थे। साथ ही उन्हें यह सूचना भी मिली कि उनके पुराने शत्रु एंटीगोनस ने सीरिया की ओर फिर प्रयाण किया है। अतः बाबा का अपने राज्य में पहुंचना अति आवश्यक था। यहां, क़ारण जो भी रहे हों, पराजय तो हो ही चुकी थी। अगले दिन संधि की शर्तें निश्चित होनी थी और संधिपत्र पर हस्ताक्षर होने थे। संधि करते यानी एक बार और पराजित होते मैं अपने बाबा को कैसे देख पाऊंगी?

रात में बाबा ने हिंदुस्तान के बारे में, जिसे यहां के लोग गर्व से 'भारत' कहते हैं, बताते हुए कहा कि भारत अब पहले वाला बिखरा हुआ देश नहीं रहा है। मैं समझ ही नहीं पाया कि पिछले आक्रमण से अब तक सिंधु नदी में कितना पानी बह चुका है। एक केंद्रीय शासन के अंतर्गत आ जाने के कारण अब भारत एक सशक्त राष्ट्र बन गया है। भारत के चक्रवर्ती चंद्रगुप्त मौर्य हैं जो वीर, बलवान और सुदर्शन होने के साथ न्यायप्रिय भी हैं। उसके गुरु कौटिल्य, जिनका प्रचलित नाम चाणक्य है, एक निस्पृह संत की तरह हैं, पर विद्य, बुद्धि में अद्वितीय हैं। राज्य के महामंत्री हैं, पर उन्हें राष्ट्र का भाग्यविधाता ही समझो। उन्होंने यहीं तक्षशिला में शिक्षा पाई, यहां अध्यापन कार्य भी किया। राजनीति के इस धुरंधर के दिशा-निर्देश में चंद्रगुप्त ने मगध के शक्तिशाली सम्राट को पराजित किया, अपना राज्य स्थापित कर देश को एक सूत्र में बांधा। वह जितना वीर है उतना ही उदार भी। अपने गुरु चाणक्य का परम भक्त है।

उस समय मुझे ज्ञात नहीं था कि चंद्रगुप्त के गुणों का वर्णन करने में बाबा का क्या निहितार्थ था। ज्ञात होता तो कदाचित समझ पाती कि अपना कथन समाप्त करने के बाद बाबा चिंता से अव्यवस्थित क्यों हो उठे थे। इस सृष्टि में ऐसा कौन है जो अपनी बुद्धि की विशेषता से या बल-पौरुष से होनहार को मिटा सके। अंध अमोघ नियति को तो भोगना ही पड़ता है। बाबा को लेकर निराशा के काले पक्षी मन में उतरने लगे तो मैं ठीक से सो भी न पाई। बाबा भी सोने का बहाना किए पड़े रहे।

हमारे शिविर के बाहर दिवस का मणि की तरह उद्घाटन हो चुका था। सुगंध से छककर शांत वायु बह रही थी। दूर फैले वन-प्रांतर मंदिर उल्लास में विहंसते-से लगे। मैंने चारों दिशाओं में दृष्टि फेरी जैसे उन्हें पहली बार देख रही होऊं।

हमारा छोटा-सा दल एक सैनिक शिविर में पहुंचा। भारत-सम्राट की गरिमा के अनुरूप पट-मण्डप अत्यंत विशाल था, सुरुचिपूर्ण संक्षिप्त सज्जा थी।

वहां हमारा यथोचित स्वागत किया गया और श्रेष्ठ आसन दिए गए। कुछ ही क्षणों पश्चात् पुरुष पधारे। आचार्य चाणक्य कृशकाय होते हुए भी तेजपुंज थे। उनका मुंडित शीर्ष देखकर लगा कि वे संसार से विरक्त हो लोक-कल्याण की भद्र-भावना से ओतप्रीत हैं और दूसरा व्यक्ति चंद्रगुप्त, मुझे अपोलो की प्रतिमूर्ति लगा–शौर्य, बल, तेज से युक्त प्रियदर्शन पुरुष। मैंने उन पर एक ही दृष्टि डाली थी, पर ऐसा लगा वे आंखों में भर गए हों।

बाबा ने संधि का प्रस्ताव किया। चंद्रगुप्त ने स्वीकारात्मक दृष्टि से आचार्य चाणक्य की ओर देखा। आचार्य ने सम्राट सेल्यूकस और चंद्रगुप्त को युद्ध-संधि में बंधने के नियम बताए। उनके इंगित पर प्रज्ज्वलित अग्नि-पात्र और जल-पात्र प्रस्तुत किए गए। दोनों सम्राटों ने अग्नि और जल के समक्ष एक दूसरे का हाथ पकड़कर सत्य की शपथ लेते हुए सह-घोषणा की–"अब से हम दोनों परस्पर मिल गए हैं–सहितौ स्व"।

आचार्य चाणक्य ने मेरी ओर देखते हुए कहा, "सम्राटों के अपने राजनीतिक स्वार्थ संधि-पत्र से प्रबल होते हैं। अतः उन में की गई घोषणाएं युद्ध के घोष को रोकने में समर्थ नहीं हो पाती। मेरे मत से दो सैकत कगारों के मध्य एक निर्मल सदानीरा का रहना आवश्यक है। मेरा प्रस्ताव है कि सम्राट सेल्यूकस अपनी कन्या का विवाह सम्राट चंद्रगुप्त से करने पर विचार करें। इस वैवाहिक संबंध से मित्रता के स्वर्ग-प्रासाद निर्मित होंगे।"

इस अप्रत्याशितता से समय जिस पल था बलात् वहीं रुक गया। मैं विविध भावनाओं के सम्मिलित उद्रेक से जड़वत हो गई। फिर भी मैंने मन और बुद्धि को भरसक एक दूसरे का साथ नहीं छोड़ने दिया।

बाबा कुछ क्षण मौन-चिंतन में लीन रहे। उन्होंने कठिनाई से मेरी ओर पराजित-दृष्टि से देखा। उनकी दृष्टि का दैन्य मेरा हृदय बींधता चला गया। संध्या के समय क्षितिज पर उतरने वाली हल्की कालिमा की तरह निराशा उनके मुख पर छा गई। बाबा पर मेरा अथाह प्रेम था, अछोर श्रद्धा थी। मुझे लगा प्राणोत्सर्ग करके भी इस समय अपने बाबा को बचा लूं तो मेरा जीवन सार्थक हो जाए।

मैंने बाबा के उत्तर की प्रतीक्षा नहीं की। उनका मौन मुझसे कह गया कि "बेटी कार्नी! अब सब कुछ तुम्हारे हाथ में है।"

आश्वस्त रहो बाबा, मैंने मन ही मन कहा, मैं आपको और टूटने नहीं दूंगी।

मैं अपने आसन से उठकर खड़ी हो गई। मुझे जैसे नैतिक साहस प्रदान करने के लिए बाबा भी खड़े हो गए। ऐसा लगा, मैंने खड़े होकर अपराध किया हो–सम्राट चंद्रगुप्त और आचार्य चाणक्य ने भी आसन त्याग दिए। फारस में मेरे भारतीय गुरुओं ने ठीक ही कहा था कि भारत आचरण की सभ्यता में सब देशों में अग्रगण्य है। मैंने कोमलता से बाबा का हाथ अपने हाथ में ले लिया। ऐसा लगा आश्वस्ति की एक लहर उनके संपूर्ण शरीर में प्रवाहित हो गई हो–उनकी मुखमुद्रा सामान्य हो गई।

बाबा का हाथ छोड़कर और मस्तिष्क से विचारों की भीड़ हटाकर मैं दो पग आचार्य की ओर बढ़ी और बद्ध-अंजलि से उन्हें प्रणाम किया। उनकी आशा के विपरीत मैंने भारतीय भाषा में कहा, "गुरुदेव! आपकी वाणी कामधेनु का पय और कल्पवृक्ष का फल है। आपके कथन का कोई निरादर कैसे कर सकता है। आपके देश की स्त्रियों की तरह हमें भी स्वतंत्रता प्राप्त है। मैं इस विवाह संबंध के लिए सहमत हूं। अंतिम सहमति मेरे पूज्यपाद पिता देंगे।"

"साधु पुत्री, साधु। तुम तो भारतीय भाषा, आचरण और संस्कृति में पारंगत हो। तुम्हें पाकर सम्राट चंद्रगुप्त धन्य हो जाएंगे, तुम्हारे पिता गौरवशाली होंगे और मुझे परम सुख मिलेगा। जैसे सत्य से कीर्ति मिलती है उसी प्रकार सहयोग से मित्र अपनाए जाते हैं। सम्राट चंद्रगुप्त..."

आगे के शब्द छोड़कर आचार्य ने चंद्रगुप्त की ओर दृष्टिपात किया।

सम्राट अपने गुरु का आशय समझकर बोले, "देवी..."

बाबा ने जोड़ा 'कार्नेलिया।'

चंद्रगुप्त ने फिर सूत्र पकड़ा, "हां, देवी कार्नेलिया से विवाह कर मैं स्वयं को सौभाग्यशाली समझूंगा। गुरुवर की आज्ञा शिरोधार्य करते हुए मैं उस संबंध के लिए स्वतंत्र सहमति देता हूं।"

चंद्रगुप्त की गुरु गंभीर वाणी सुनकर मुझे ऐसा लगा कि साक्षात अपोलो मुझसे मेरा हाथ मांग रहा हो। लज्जावश मैं चंद्रगुप्त की ओर देख भी न सकी। संकोच से सिकुड़कर बाबा के अति निकट खड़ी हो गई। आश्चर्य के आघात लगाने की सबसे अधिक शक्ति भाग्य में ही होती है।

बाबा मेरा हाथ थामकर चंद्रगुप्त के पास पहुंचे। सम्राट का हाथ पकड़कर उस पर मेरा हाथ रख दिया। पूरे देश को विजित करने वाले खग को धारण करने वाली लौह मुष्टिका में रखा मेरा हाथ मृदुल स्पर्श का अनुभव कर रहा था, पर-पुरुष का पहला स्पर्श पाकर मैं आपाद-मस्तक झन्न से रोमांचित हो उठी। मन पुलकित हो गया। हृदय की गति तीव्र हो गई। मेरे नए जीवन का आरंभिक क्षण कितना अप्रत्याशित था। जब घर से चली थी तब मैं ऐसी मुकुलित कलिका थी, जिसने अपने विकास को हठात रोक लिया हो और आज...इस समय अपने भावी पति के क्षणिक स्पर्श से पुष्प-भार से लदी डाली के समान हो गई।

"हे देवताओं," बाबा का स्वर गूंजा, "इन दोनों को अपनी छत्र-छाया के नीचे रखना। इस विवाह पर यही मेरी मंगलकामना है।"

हमारे हाथ छोड़कर बाबा हटकर कुछ दूर खड़े हो गए। उनकी आंखों में अश्रु छलछलाते मैंने पहली बार देखे। अश्रु दुःख के थे या आनंद के, मैं कह नहीं सकती पर लगता था मेरे भावी जीवन की चिंता उनके मुख पर स्पष्ट रूप से लक्षित हो रही थी।

आचार्य चाणक्य से बाबा की चिंता छिपी न रह सकी। उन्हें आश्वस्त करते हुए वे बोले, "सम्राट सेल्यूकस, आप चिंतित हो रहे होंगे कि यहां अपरिचित लोगों के बीच अप्रत्याशित रूप से बेटी को सदा के लिए छोड़कर

जाना पड़ेगा। आपकी चिंता स्वाभाविक है, पर आप निश्चित रहे, आपकी बेटी के कल्याण का दायित्व मैं लेता हूं। आपकी कार्नेलिया आज से इसी क्षण से मेरी पुत्री हुई और मैं इसका तात। हां, एक स्वतंत्रता मैं लेना चाहूंगा...।'

आचार्य कुछ क्षण रुके। कदाचित जान लेना चाहते हों कि इस संदर्भ में उनकी अधिकार सीमा कहां तक जाती है।

"हां, हां अवश्य। आप जो भी करेंगे हितकर ही होगा। कृपया निःसंकोच कहें।" बाबा ने जैसे अपनी सहमति प्रकट की हो।

"मैं पुत्री कार्नेलिया का यह नाम परिवर्तित करना चाहता हूं। यह हमारी अपनी परंपरा है। फिर भी चाहूंगा कि यह नाम परिवर्तन आपको प्राकृतिक घरेलू परिवेश से, सामाजिक परंपराओं से, जातीय गौरव से विच्छिन्न न कर दे, अतः नया नाम आपकी संस्कृति का प्रतीक हो, पर उच्चारण में सरल हो।"

आचार्य की इस समन्वयवादी प्रवृत्ति पर मैं मुग्ध हो गई।

बाबा ने मेरा नाम–नया नाम–'हेलन' रखा।

आचार्य ने मेरी ओर देखा। मैंने बताया हेलन यूनानियों के प्रधान देवता जीयस की पुत्री मानी जाती है।

आचार्य ने 'साधु' कहकर नए नाम को स्वीकृति प्रदान की। मेरी मूक सहमति तो थी ही।

वैदिक रीति से मेरा विवाह राजधानी पाटलिपुत्र में संपन्न होने की बात निश्चित हुई। सामाजिक स्वीकृति के लिए यह आवश्यक भी था। बाबा ने हेरात, काबुल, कंधार बलूचिस्तान आदि प्रदेश चंद्रगुप्त को उपहार में दिए और संधि-पत्र में इसका उल्लेख किया गया। मेरे विवाह संबंध का भी उल्लेख हुआ, पर आचार्य के अनुरोध पर, मेरा यानी भारत की साम्राज्ञी का नाम उसमें अंकित नहीं किया गया। हेरात में स्थित राजदूत मेगस्थनीज को मगध की राजसभा में नियुक्त कर दिया गया।

चंद्रगुप्त को ज्ञात था कि बाबा को यहां से शीघ्र ही ऐंटीगोनस से युद्ध करने जाना है। उन्होंने सेनानी चंडविक्रम के नेतृत्व में पांच सौ हाथियों की

सेना उपहार में दी, जिसकी सहायता से बाद में बाबा ने वह युद्ध विजित कर लिया और शत्रु को सदा के लिए समाप्त कर दिया।

बाबा का मुझसे विदा लेने का दृश्य बड़ा कारुणिक था। चलते समय उन्होंने मुझे अमूल्य हीरे-जवाहरातों का उपहार दिया। वे सब मेरे लिए एक तरह से व्यर्थ की वस्तुएं थीं। बाबा जानते थे कि मुझे आभूषण या द्रव्य से जरा भी प्रेम नहीं था। उनका मन रखने के लिए मैंने बाबा के उपहार सहर्ष स्वीकार कर लिए। देखते-देखते उनकी आंखों से अश्रु-धारा बह निकली। मैं ज़ानती थी कि मन में उठ रहे झंझावत से वे कितनी शक्ति से लड़ रहे थे। अंत में विकल होकर बाबा ने मुझे अपने वक्ष से लगा दिया। मेरी किशोरावस्था से ही बाबा ने मेरा स्नेहालिंगन करना छोड़ दिया था। उनके अपने नैतिक मानदंड थे, परंतु आज आसन्न चिर-विछोह की विक्षुब्ध धारा ने मर्यादा के बांध तोड़ दिए थे।

हृदयस्पर्शी विगलित वाणी में बाबा ने कहा, "कार्नी, यह तुम्हारा सौभाग्य है कि तुम इतने बड़े देश की महारानी बन गई हो। तुम्हारा विवाह कहीं भी होता माता-पिता को छोड़कर तो जाना ही पड़ता। यह न समझना कि मैंने तुम्हारा राजनीतिक प्रयोग किया है। तुम्हें मांगने का साहस चाणक्य ने तभी किया जब मैंने अपनी मौन स्वीकृति दी थी। तुम्हारे लिए चंद्रगुप्त जैसा वर अन्यत्र दुर्लभ है। सिकंदर के आक्रमण के समय हुई भेंट में चंद्रगुप्त ने मुझे बताया था कि वह विवाहित है और उसके एक पुत्र भी है। वह राजपुत्र तो इस समय बीस वर्ष का युवा होगा। तुम भी तेईस वर्ष की हो चुकी हो। इस प्रकार राजकुमार तुम्हारा समवयस्क है। उससे पुत्रवत् संबंध न रख सको तो उसे मित्र समझना। पहली महारानी को अपनी ज्येष्ठा समझना और अपने स्नेह, आदर, सम्मान से उन्हें अपने वश में रखना। उनकी अधिक अवस्था तुम्हारे लिए वरदान है।"

"बाबा, आप बिल्कुल चिंता न करें। मैं जानती हूं कि भारत में राजपुरुषों के लिए बहुपत्नीत्व की प्राचीन परंपरा है। मैं तो यह मानती हूं कि एक विवाह कोई स्वाभाविक दशा नहीं है अपितु सांस्कृतिक स्थिति है। आपके उपदेशों का मैं अक्षरशः पालन करूंगी। मुझे भास होता है कि

राजमहल में मेरा कोई विरोध न होगा। विदेशी कन्या से विवाह भारत के वर्तमान सामाजिक जीवन में एक क्रांतिकारी घटना है। इससे भारतीयों के मस्तिष्क की उदारता का परिचय मिलता है। भारतीय संस्कृति और सभ्यता से मैं पूर्णतया परिचित हूं, उनकी भाषा बोल सकती हूं, समझ सकती हूं। आप मेरे सुखी भविष्य के प्रति पूर्णतया आश्वस्त रह सकते हैं।"

बाबा ने आश्वस्ति का एक दीर्घ निःश्वास छोड़ा। लगा, मेरी बाते वे श्वास साधे सुन रहे थे।

"परंतु...।"

बाबा ने तत्काल प्रश्नपूरित आंखे मेरी ओर उठाई। उनका संभ्रमित मुख किसी अन्य भाव को पकड़ पाए इसके पूर्व ही मैंने आतुर होकर अपना कथन पूरा किया–"परंतु बाबा, मां से कैसे मिलना हो पाएगा? जब आपके साथ मुझे न देखेगी तो उन पर तो जैसे आकाश ही टूट पड़ेगा। मेरे अप्रत्याशित विवाह से उन्हें यही लगेगा कि उनकी पुत्री युद्ध की भेट चढ़ा दी गई है।"

"बेटी कार्नी! तुम चिंता न करो, तुम्हारी मां को मैं समझा लूंगा। देखो बाहर प्रयाण-नाद होने लगा है। अब हमें अपने भीतर का कोलाहल शांत करके एक दूसरे से विदा लेना चाहिए।"

इतना कहते-कहते बाबा के नेत्रों में जमा जल पिघलने लगा।

इसके बाद बाबा कभी न मिलने के लिए चले गए। मैं चेतनाशून्य हो जाती इसके पूर्व ही तात चाणक्य ने शीघ्रता से आकर मुझे संभाल लिया। मूक सांत्वना दी। मैंने देखा बाबा से विदा के समय आचार्य की निग्रही आंखों में भी अश्रु छलछला आए थे। संसार में हर कहीं शादी की वेदी पर खड़ी बेटियां अभिभावकों को अश्रु-दान करती हैं।

तीन

बाबा अपनी सेना के साथ वापस चले गए थे। मागधी सेना को राजधानी की ओर प्रयाण करने का आदेश दिया जा चुका था। मैं विश्व-प्रसिद्ध तक्षशिला विद्यापीठ देखना चाहती थी और विशेषकर सिकंदर महान की वह वेदी देखना चाहती थी, जिस पर अंकित था "अलक्स-द्रास अंतव्थ" अर्थात सिकंदर यहां तक खड़ा था (यहां तक आया था), पर किससे कहूं यह समझ में नहीं आया। सारा ने समझाया कि अब मुझे अपनी कामनाओं के पंख समेट लेना चाहिए। तक्षशिला में अब कोई कार्य शेष नहीं रहा था।

एक सुसज्जित रथ-यान में समारोहपूर्वक मुझे बिठाया गया। मेरी सहेली सारा के अतिरिक्त उसमें एक कन्या और आकर बैठी। वह हमारी समवयस्का थी। उसने अपना नाम चंद्रिका बताया। उसका वर्ण चंद्र-ज्योत्सना-स्नान प्रतीत होता था। वह कुछ ही समय में हमसे घुल-मिल गई। चंद्रिका का स्वभाव अद्भुत परिहासपरक था।

हमारे रथ दिन भर चलते। संध्या होने पर हम लोग कहीं शिविर में विश्राम करते। शिविर पहले से ही तैयार मिलते। भोजन के पश्चात हम लोग थोड़ा भ्रमण करते। हमारे साथ यूनानी लड़कियों का एक सुरक्षा-दल भी चल रहा था। सम्राट के विश्वस्त लोग हमारी प्रत्येक आवश्यकता का ध्यान रखते।

चंद्रगुप्त हमारे साथ तो नहीं चल रहे थे, परंतु प्रत्येक शिविर में हमारी कुशल-क्षेम पूछने आ जाते। यात्रा-जन्य कष्टों के विषय में चितिंत होते तो मैं उन्हें बताती कि सैन्य-दल के साथ असमतल मार्गों पर यात्रा करने का मुझे अभ्यास है। चंद्रगुप्त ने बताया कि इस यात्रा के अंतिम बिंदु तक राजप्रथा प्रशस्त और सुविधाजनक मिलेगा।

शिविरों में यूनानी भोजन की विशेष व्यवस्था रहती। साथ में भारतीय व्यंजन भी रहते। यदा-कदा चंद्रगुप्त भी हमारे साथ भोजन करते। मुझे भारतीय भोजन भी रुचिकर लगने लगा।

सारा ने एक बात की ओर मेरा ध्यान आकृष्ट किया कि अवसर सुलभ होने पर भी सम्राट न तो मेरे साथ एकांत में वार्ता करते हैं और न कहीं आस-पास भ्रमण पर निकलते हैं। मुझे लगा कदाचित यूनानी रीति से संपन्न हमारे विवाह को सम्राट तब तक अपूर्ण समझते रहेंगे जब तक वैदिक विधि से हमारा विवाह न हो जाय। लज्जावश मैं उनसे कुछ पूछ भी न सकी।

चंद्रिका ने भी यह लक्ष्य किया कि चंद्रगुप्त मुझसे एकांत में मिलने से संकोच करते हैं। मैं उसे उनकी चारित्रिक दृढ़ता मानती, पर इसी बात को लेकर दोनों सहेलियां मेरे ऊपर व्यंग्य-बाण छोड़ती। सारा मेरे मनोभाव जानती थी, उसने चंद्रिका को उनसे अवगत करा दिया।

चंद्रिका ने मुझे घेरते हुए कहा, "आप कहती हैं कि जब तक वैदिक विधि से विवाह न हो जाएगा, चंद्रगुप्त आपके निकट नहीं आ सकते।"

"मैनें ऐसा तो नहीं कहा!" मैंने तत्काल प्रतिवाद किया।

"रानी जी, यह तो आप मानती होंगी कि प्रेम सान्निध्य का विषय है, फिर आप क्यों तटस्थ रहती हैं?"

"मैं तो नहीं रहती।" हठात् मेरे मुंह से निकल गया और इस मूल के प्रायश्चित के रूप में दंड देने के लिए मैंने जिह्वा को दांतों से दबा दिया।

मुझे बिल्कुल देखकर दोनों हंस दी।

चंद्रिका ने विषयांतर करते हुए पूछा, "आपकी पिटारी में एक लंबी वंशी-जैसा वाद्य यंत्र है, उसका नाम क्या है?"

"उसे लीरा कहते हैं।"

"आप साथ ले जा रही हैं तो अवश्य बजा भी लेती होंगी।"

"हां। हमारे देश में प्रत्येक संभ्रांत कन्या को नृत्य, गायन और लीरा बजाने की शिक्षा दी जाती है।"

"तू बड़ी दुष्ट है चंद्रिका। अनजाने ही मन की बातें उगलवा लेती है।" मैंने कृत्रिम क्रोध प्रदर्शित किया।

"काश, बातें उगलवाने का मेरा यह गुण आपकी प्रथम मधुरात्रि के भोर तक बना रहे।" मेरे ऊपर बंकिम कंटाक्ष फेंककर चंद्रिका मुस्कुराई।

"सारा, इसे तत्काल रथ के नीचे फेंक दो।" मैंने कृत्रिम क्रोध प्रदर्शित करते हुए कहा।

"महारानी जी यदि आप अपने कर-कमलों से मुझे फेंके तो मरकर यह अधम जीव स्वर्ग में जा विराजेगा।"

मैंने दुःखी होने का दिखावा करके उसके हाथ जोड़ दिए जिसका अर्थ था "मुझे तो क्षमा कर।"

उसने तत्काल अपना सिर मेरे पैरों पर रख दिया।

कंधे पकड़कर मैंने उसे उठाया तो उसकी आंखे अश्रुपूरित थीं।

"यह क्या चंद्रिका!" मैंने उसके अश्रु पोंछते हुए कहा

"महारानी जी, क्षमा करें! कदाचित मैंने अपनी सीमा का अतिक्रमण किया और आपको मानसिक वेदना पहुंचाई।"

उसके दैन्य पर मेरा हृदय द्रवित हो उठा।

"नहीं चंद्रिका! जैसे मैं सारा को अपनी बहिन समझती हूं तुम भी मेरे लिए वैसी ही हो। आज से तुम सदैव मेरे साथ रहोगी।"

"सत्य? क्या सदैव ही?"

"हां, हां, सदैव।"

"क्या 'सदैव' में दिवस के साथ रात्रि भी सम्मिलित है?"

कितना भेदक था उसका परिहास।

"महारानी जी..."

"क्या तुम मुझे नाम से नहीं बुला सकती? 'महारानी' का संबोधन मुझे सहय नहीं है।"

चंद्रिका ने अपने दोनों कान पकड़कर गर्दन थोड़ी भींच ली। मुझे उसकी इस मुद्रा पर हंसी आ गई।

"हां, तो मैं कह रही थी कि क्या आपकी सेवा में मुझे एक गीत प्रस्तुत करने की आज्ञा है।"

गीत का नाम सुनते ही मेरा मन प्रफुल्लित हो गया। काव्य-पाठ, गीत-गायन तो दूर कितने दिनों से इन विधाओं के नाम तक कान में नहीं पड़े थे। फिर मुझे लगा कि अयाचित ही गीत प्रस्तुत करने के पीछे चंद्रिका की कुशाग्र बुद्धि ने कोई नया प्रपंच न रचा हो। अतः सोचने का नाटक करते हुए कहा, "आज्ञा तभी दी जाएगी जब मुझसे गायन के लिए नहीं कहा जाएगा।"

"सत्य ही, मैं आपसे गायन के लिए नहीं कहूंगी क्योंकि भारत-भूमि पर आपका प्रथम गायन सम्राट के लिए होना चाहिए।"

चंद्रिका का गीत भाव-प्रवण था। भाव थे–"काले घने मेघों से आकाश जब तिमिरमय हो जाए, जीवन का मार्ग जब निर्जन वन से होकर निकले, अंधकार में जब हम नितांत एकांकी हों और प्रकाश की कोई किरण न दिखे, चहुंदिशि जब विपत्तियां ही विपत्तियां हों और आशा की क्षीण रेखा तक दृष्टिगत न होती हो तब हमें स्वयं को किसी प्रेमिल पुरुष के हाथों में छोड़ देना चाहिए।"

गीत मर्मस्पर्शी था। मैंने चंद्रिका की प्रशंसा की।

अनुचर ने सूचना दी कि आगामी शिविर आने ही वाला था। ऐसी सूचनाएं यात्रा के प्रथम दिन से ही दी जा रही थी।

"मेरा मन होता है कि रथ से बाहर निकल कर मैं अश्वारोहण करूं।" मैंने चंद्रिका से कहा।

"कम से कम पाटलिपुत्र पहुंचने तक आपकी यह अभिलाषा पूर्ण न होगी।" चंद्रिका ने गंभीर होकर कहा।

अचानक मेरी और सारा की दृष्टि मिली। मुझे लगा मेरी तरह सारा को भी मां की याद आई होगी। अश्वारोहण के लिए वे भी निषेध करती थी। सारा की स्मृतियों में कदाचित् बाबा भी आ गए। बोली, "बाबा तो अब तक देश पहुंच गए होंगे।"

मुझे अपने आप पर लज्जा हो आई। कितने दिन व्यतीत हो गए थे, पर बाबा को एक बार भी स्मरण नहीं किया। विस्मरण मन की एक दुर्लभ स्थिति होती है। बाबा की याद आते ही मेरी स्मृतियों का सरोवर एकदम विक्षुब्ध हो उठा। प्राणों से प्रिय बाबा को मैं कई दिनों से विस्मृत किए बैठी थी। यह सब चंद्रिका के कारण है। प्रातः मेरे उठने से पूर्व तैयार हो जाती रात्रि में मेरे निद्रा की गोद में जाने के बाद ही सोती और दिन भर अपनी बातों के उहापोह में उलझाकर सांस लेने तक का अवसर भी कठिनाई से देती है, पर इसमें उसका दोष भी क्या? करती तो सब मेरे ही रंजन के लिए न!

रथ से उतरकर जब हम पदस्थ हुए तो अस्तंगत होते सूर्य पर मेरी दृष्टि पड़ी। आर्यजन सूर्य की पूजा करते हैं, उसे देवता मानते हैं। हमारे यहां-नहीं अब कहना चाहिए यूनान में-अपोलो को प्रकाश का देवता कहा जाता है। बात एक ही है, सूर्य ही तो प्रकाश का अक्षुण्ण स्रोत है। समस्त संसार में मानव प्रारंभ से ही प्राकृतिक शक्तियों की पूजा करता आया है।

हमारा शिविर पुष्पों से सजी-सी एक वाटिका में स्थित था। वाटिका में विविध रंग के पुष्प अपना सौंदर्य विकीर्ण किए दे रहे थे। उन पुष्पों के नामों से मेरा परिचय नहीं था फिर भी पश्चिम दिशा की ओर उन्मुख शिथिल सूर्य की शेष रश्मियों से उद्भषित अनाम पुष्पों को देखकर मैं अंतर्चेतना के स्पंदनों में डूब गई। लौटी तो देखा सामने शाश्वत जीवन के पक्षधर वटवृक्ष अपनी शाखाएं फैलाए जैसे किसी वार्ता के लिए आमंत्रित कर रहे हों।

प्रकृति में डूबी मेरी चेतना को देखकर सारा या चंद्रिका किसी ने मेरा ध्यान भंग नहीं किया। सारा जानती थी कि प्रकृति-निमग्नता से अचानक बाहर आकर मैं अप्रसन्न ही होती हूं, पर वृक्ष पर बैठे चीत्कार कर रहे उस पक्षी पर उनका वश कहां था। मैं अपने कल्पना-लोक से वापस आ गई। देखा, दोनों सखियां चार नयनों में प्रतीक्षा-दीप जलाए मेरी बाट जोह रही थीं। मैंने उन पर दृष्टि डाली तो उनका विमल स्नेह पारदर्शक हो उठा।

दिन भर यात्रा, रात्रि को विश्राम उसके बाद फिर पुनरावृत्ति सूर्य-चंद्र के उदय-अस्त जैसी नित्य की घटना हो गई। प्रति तंद्रा में कामनाओं के पुष्प

विकसित होते, हृदय के भीतर स्वागत के द्वार खुलते, पुष्प अर्पित होते और किसी का अदृश्य स्पर्श मेरे सर्वांग पर आनंद के सहस्त्र मयूरपंख फेर जाता। सुखानुभूति में तंद्रा टूट जाती और जाग्रत होने पर भी अनुभव होता कि स्पर्श-सुख जैसे जाते-जाते गुदगुदा रहा हो। मन की जो दशा होती है आंखो को वैसा ही दिखाई देती है, चाहे वे बंद ही क्यों न हो।

प्रातः जब शिविर से बाहर आई तो देखा कि बाल सूर्य की विहंसती किरणें चारों ओर उन्मुक्त बिखरी पड़ी हैं। मन हुआ उन आकारहीन किरणों को पकड़कर सहेज लूं।

सौभाग्य! किरणों का पूंजीभूत रूप साक्षात मेरे सामने आ खड़ा हुआ। मैंने जैसे ही नेत्र ऊपर उठाए, चंद्रगुप्त बोल उठे, "देवि, लंबी रथयात्रा के शिथिल-गात हो गई हों तो यहां पूरे दिन विश्राम किया जा सकता है। पाटलिपुत्र पहुंचने के लिए मात्र दो दिन की यात्रा शेष है।"

कभी-कभी अज्ञान में बड़ा सुख होता है। मैं तो यही समझ रही थी कि अभी आधा मार्ग ही पार किया है।

"मेरा निवेदन है कि यात्रा रोके नहीं। मैं क्लांत नहीं हूं, मुझे भी ऐसी यात्राओं का अभ्यास है। हां, मेरे कारण आप अवश्य बंधे हैं।"

"हां देवि, बंधने वाली बात आपने ठीक कही। मैं आपके कारण ही आपसे बंधा हूं। इस बंधन से ही भावगंधित सहयोग, सहचर्य और सानिध्य प्राप्त होगा।"

मैं लज्जा से आरक्त हो उठी। अनायास चंद्रिका आ गई। महाराज को देखकर क्षिप्रता से लौटने लगी तो चंद्रगुप्त ने टोक दिया, "चंद्रिका।"

चंद्रिका रुकी और घूमकर उनके पास आकर खड़ी हो गई। चंद्रगुप्त ने चंद्रिका का हाथ अपने हाथ में ले लिया। कुछ क्षण बाद बोले, "देवि, यह मेरी धर्म-भगिनी है, अति वाचाल है। इसने आपको व्यर्थ ही उत्पीड़ित तो नहीं किया?"

"नही महाराज, यह तो पूरे मार्ग-भर तक एक शब्द नहीं बोली।"

मेरी वक्रोक्ति सुनकर चंद्रगुप्त जोर-से हंस पड़े। फिर कदाचित अपने सम्राटत्व का ध्यान आते ही चहुं ओर देखा जैसे जानना चाहते हो कि कहीं

उन्हें हंसते किसी ने देखा-सुना तो नहीं। स्वर को सायास संयमित कर चंद्रिका से बोले, "अरी ओ ऊंटनी, अब आई तू पहाड़ के नीचे।"

चंद्रिका की वाचालता का रहस्य खोलकर चंद्रगुप्त चले गए। अनायास चपल चंद्रिका मुझे और भी प्रिय लगने लगी। चंद्रगुप्त द्वारा छोड़ा गया उसका हाथ थामकर मैं शिविर के भीतर चली गई। सारा को दुःख हुआ कि वह चंद्रगुप्त को हंसते हुए नहीं देख पाई।

चार

चंद्रगुप्त यात्रा की अंतिम भेंट करने के पश्चात तीव्र गति से नगर की ओर अग्रसर हो गए। हम लोगों को भी कुछ अंतराल के बाद पहुंचना था।

चंद्रगुप्त की अनुपस्थिति के कारण सुरक्षा का प्रबंध और कठिन हो गया।।

"ओ सम्राट की ऊंटनी, आज क्या मौन-व्रत ले रखा है?" प्रतिक्षण वाचाल रहने वाली चंद्रिका को अनालाप देखकर मैंने कुरेदा।

"नहीं तो महारानी जी! आप आज्ञा करें।"

"अब भी 'महारानी' कहोगी। सम्राट की धर्म-भगिनी हो, उस संबंध से मैं तुम्हारी क्या हुई?"

चंद्रिका ने गंभीर बनते हुए कहा, "राजाप्रसाद में संबोधनों का निर्धारण पद की गरिमा के अनुरूप होता है। वहां संवेदनाएं औपचारिकताओं का रूप धारण करती हैं। आपकी गरिमा का, आपके पद को दृष्टि में रखते हुए पूरे मार्ग भर मैं उचित संबोधन का अभ्यास करती रही। मुझमें इतना साहस नहीं है कि इस परंपरा के विपरीत जाऊं।"

"सामर्थ्य तो है।"

"..."

"मानोगी कि सामर्थ्य से ही साहस निःसृष्ट होता है।"

सारा ने वर्जित करते हुए कहा कि मैं ऐसी व्यर्थ की वार्ता में न पड़ूं। मुझे उसका मंतव्य उचित लगा और मैंने तत्काल विषयांतर करते हुए चंद्रिका से पाटलिपुत्र नगर के विषय में बताने को कहा।

चंद्रिका ने कृतज्ञ दृष्टि सारा पर डालते हुए पूर्ववत उत्फुल्ल वाणी में बताना प्रारंभ किया, "मौर्य-राजधानी पाटलिपुत्र गंगा और शोण नामक सरिताओं के संगम पर स्थित है। नगर अस्सी स्टेडिया लंबा तथा तीस स्टेडिया चौड़ा है। इसके चारों ओर एक गहरी परिखा है, जिसमें जल शोण से आता है। नगर की रक्षा के लिए ईट, पत्थर तथा लकड़ी की निर्मित सृदृढ़ प्राचीर है जिसमें चौसट द्वार तथा सत्तर बुर्ज हैं। सौध-श्रेणी, राजमार्ग, सुव्यवस्थित पण्यवीथिकाओं से नगर परिपूर्ण है। पाटलिपुत्र नगर का निर्माण महाराज अजातशत्रु ने कराया था। नगर का निर्माण पूर्ण हो जाने पर महात्मा बुद्ध को भोजन के लिए निमंत्रित किया गया था। इसी अवसर पर बुद्ध ने पाटलिपुत्र के महान उत्कर्ष की भविष्यवाणी की थी। जैसे आपके तो दो ही नाम हैं कुसुमों से पूर्ण रहने वाले इस नगर के कुसुमपुरी के अतिरिक्त कई नाम हैं। गंगा के कूल में बने हुए सुंदर राज-मंदिर में सम्राट रहते हैं और आपके पदार्पण से उस राज मंदिर की शोभा द्विगुणित होने वाली है..."

सहसा हमारा रथ रुक गया। हमें सूचना दी गई कि नगर का प्रवेश-द्वार आ गया है। आगे का कार्यक्रम हममें से किसी को ज्ञात न था। तत्समय एक सुंदर सुसज्जित, भव्य रथ हमारी सेवा में उपस्थित हुआ, जिसमें स्वर्णिम छत्र था, पर रथ चारों ओर से खुला था। कदाचित नगरवासियों को नई महारानी के दर्शन कराने की योजना हो। योजनानुसार मैंने अंतिम शिविर में नए परिधान धारण कर लिए थे। कई ब्राह्मण हमारे रथ के पास खड़े स्वस्तिवाचन कर रहे थे।

जैसे ही मैं नए रथ पर आरूढ़ हुई तो उसकी स्वर्ण घंटिकाओं की क्वणन ध्वनि के अतिरिक्त विविध वाद्य की सम्मिलित ध्वनि सुनाई पड़ने लगी। मैंने चंद्रिका की ओर देखा तो मेरा आशय समझकर उसने बताया कि नगाड़े, तुरही, मृदंग, शंख, आनक, गोमुख, डिंडग आदि वाद्य मेरे स्वागतार्थ बजाए जा रहे हैं। इसी बीच, अन्य रथों से घिरा, मेरा रथ चल पड़ा।

कौशलपूर्ण उत्साह के साथ नगर की सज्जा की गई थी। स्थान-स्थान पर बहुरंगी पताकाएं फहरा रही थीं जैसे कोई विजयोल्लास हो। आम्र-शाखाओं से निर्मित स्वागत द्वार और उन पर बंधे नव किसलय के बंदनवार हृदय में पूत-भावना का उद्रेक कर रहे थे। नगर के सभी प्रशस्त चौक सरोजिनी, यूथी, शिरीष, वनज्योत्सना, मौलसिरी, नवमल्लिका के पुंष्पहारों से सुसज्जित थे। नगर-जनों ने स्वगृह के समक्ष अशोक और आम्रवृक्ष के पत्रों और उनकी शाखाओं से निर्मित बंदनवार सजाए थे। प्रत्येक द्वार पर जल से परिपूर्ण कलापूर्ण कलश रखे थे। ललनाओं ने गृह का अग्रभाग केशरमिश्रित जल से आलेपित कर उन पर विचित्र अल्पनाएं चित्रित की थीं। भवनों के उच्च सौध पर नगर वनिताएं नई रानी की एक झलक पाने को एकत्र हो गई थीं। स्वागतार्थ वर्षा करने के लिए उनके पास अनंत, पारिजात, वकुल, चंपक के पुष्प प्रभूत मात्रा में थे।

आलौकिक वातावरण ने मुझे सम्मोहित-सा कर लिया था। चंद्रिका का वस्तु-ज्ञान अद्भुत था। पुष्पों, वाद्ययंत्रो, सज्जा के उपकरणों का वह विस्तार से परिचय दे रही थी। क्योंकि इन वस्तुओं के प्रति मेरी गहन रुचि से वह परिचित थी।

हमारा रथ धीरे-धीरे नगर पार कर राजप्रासाद के सम्मुख जा पहुंचा। मंगलगीतों और बकुल के नन्हें पुष्पों की वर्षा के मध्य तात् चाणक्य और चंद्रगुप्त ने राजप्रासाद के 'मंगलद्वार' नामक मुख्य द्वार पर मेरा भव्य स्वागत किया। राजकुल की स्त्रियां अति उत्साहित थीं और मेरी एक झलक पाने के लिए उनमें होड़-सी लगी थी। शंख-ध्वनियों के संपूर्ण वातावरण संस्कार की आभा से परिवेष्ठित हो उठा था। इस समय का एक शब्द-चित्र चंद्रिका ने बाद में प्रस्तुत किया था–"महारानी जी, आपके अनिंद्रय पावन सौंदर्य की उज्ज्वल शोभा देखकर उपस्थित सभी जन सम्राट के भाग्य की सराहना करने लगे। आपके अंग-अंग से दिव्य कांति विकीर्ण हो रही थी। तेजोमय मुख पर यात्रा-जन्य क्लांति के कोई चिन्ह नहीं थे क्योंकि यौवन का प्रकाश कभी मलिन नहीं होता। महाराज कुछ क्षणों केलिए आपके पृष्ठ भाग पर आ गए थे। उस समय ऐसा प्रतीत हो रहा था कि इस अस्पर्शित यूनानी सौंदर्य से

पराभूत हो भारतीय वैभव और विक्रम दास बनकर अनुगत हो गया हो।" तब मैंने उसकी अतिशयोक्ति को हठात रोका था।

उस अभिभूतपरक स्वागत-समारोह को देखकर मेरे मन में विचार आया कि तक्षशिला में यूनानी-विधि से विवाह के समय मेरे हाथ पर अपना हाथ रखते समय चंद्रगुप्त ने अपनी अनुरागमयी दृष्टि से मुझे जो वरदान दिया था यह आयोजन उसी का अमृत-फल है। उस समय संकल्पों के अश्वों से जुते मनोमय रथ मुझे कामना के जिस दिव्यलोक में ले जाने लगे थे वह साक्षात उपस्थित हो गया है। चंद्रगुप्त को अपने सम्मुख देखकर यह सत्य लगने लगा कि कामना के साथ कभी झूठ का सहयोग नहीं होता।

स्वागत समारोह संपन्न हो जाने के पश्चात मुझे अपने भवन में पहुंचाया गया। स्वल्पाहार के पश्चात पूर्ण विश्राम के लिए मुझे एकांत मिला। मेरा भवन भव्यता, गौरव और ऐश्वर्य की सामग्रियों और साधनों से संपन्न था। निद्रा ने मुझे अपने क्रोड में समेट लिया।

पांच

तक्षशिला से आने के दस दिन पश्चात हमारे विवाह का शुभ मुहूर्त निकला। तात चाणक्य की ओर से निमंत्रण भेजे जाने लगे। बाबा युद्ध में संलगन थे और समय भी कम था अतः मेरे सुझाव पर उन्हें निमंत्रण न भेजने का निर्णय किया गया। निमंत्रण पहुंच भी जाता तो मां यहां आने के लिए कितनी विकल हो जाती। राजप्रासाद में विवाह की तैयारियां प्रारंभ गई थीं। नृत्य और गायन के कार्यक्रम तो प्रतिदिन ही संपन्न होने लगे। उनमें सम्मिलित होने का मुझे अवसर भले ही न मिलता हो, मेरा मन-मयूर अपने ही नृत्य में मग्न रहने लगा।

मेरा सौंदर्य प्रसाधन प्रतिदिन होने लगा। अंगराग, हरिद्रा, चंदन का लेप शरीर पर लगाया जाने लगा। स्नान में अधिक समय लगने लगा। प्रकोष्ठ में नवीन आभूषण और वस्त्र नित्य लाए जाने लगे। सारा उन्हें सहेजते-सहेजते व्यथित हो जाती।

विवाह के दिन राजप्रासाद की विशिष्ट सज्जा की गई। सज्जा में पुष्पों का प्रयोग अधिक था। मेरा षोडश-श्रृंगार किया गया। उबटन-आलेप के पश्चात मुझे स्नान कराया गया। वस्त्र, अलंकार, तिलक धारण करने के बाद नेत्रों में अंजन लगाया गया। मेरे ओष्ठ नैसर्गिक रूप से अति अरुण थे अतः ओष्ठ-रंजन नहीं किया गया। केश संवरण के साथ ही पुष्पहार धारण किया। सबसे अंत में सुगंध का प्रयोग किया गया।

सारा, चंद्रिका तथा कुछ अन्य स्त्रियां मुझे विवाह-स्थल तक ले गईं। एक भव्य मंडप के नीचे विवाह-संस्कार संपन्न होने थे। वर-देश में वहां उपस्थित चंद्रगुप्त की शोभा मनोहारी थी। मुझे उनके निकट बिठा दिया गया।

समारोह में अधीनस्थ राजा, मंत्रिगण, विभागाध्यक्ष एवं विशिष्ट नागरिक उपस्थित थे। अन्य पुरोहितों के साथ तात चाणक्य प्रधान पुरोहित के रूप में विराजमान थे। विवाह-संस्कार प्रारंभ होने से पूर्व तात चाणक्य ने एक संक्षिप्त सारपूर्ण वक्तव्य दिया जैसे उन्हें यह आशंका हो कि हमारे अंतरराष्ट्रीय विवाह का प्रच्छन्न विरोध हो सकता है।

मन की इस शंका का निवारण करने के लिए तात ने कहा, "उपस्थित महानुभावों! हमारे पूर्वज संपूर्ण वसुधा को एक कुटुंब मानते आए हैं इससे सम्राट चंद्रगुप्त का विदेशी राजकन्या से विवाह करने में मैं कोई अनौचित्य नहीं देखता। विदेशियों को हमारे देश में 'म्लेच्छ' कहा जाता है। 'म्लेच्छ' का वास्तविक अर्थ है जाति-बंधन को न माने वाला। यह उनकी अपनी सामाजिक व्यवस्था है, जो अपने स्थान पर उचित है। भाषा-साम्य एवं सांस्कृतिक-साम्य के आधार पर प्राचीन यूनान के निवासियों को आर्यों की एक शाखा कहा जा सकता है। हमारी तरह वे भी प्रकाश, अग्नि, वायु, वर्षा, संगीत की देवी-देवताओं की उपासना करते थे।

"विवाह हेतु हमारे यहां शास्त्रों ने दो प्रतिबंध रखे हैं। एक तो स्त्री विवाह के लिए निषिद्ध श्रेणियों में से अर्थात् सपिण्ड न हो और दूसरे उसका पति न हो। आयु और जाति के विषय में कुछ विचार करने की आवश्यकता ही नहीं समझी गई। वधू किसी भी संप्रदाय से चुनी जा सकती है। इन कसौटियों पर यह यूनानी राजकन्या खरी उतरती है। अतः मैंने इस विवाह-संबंध का अनुमोदन किया है। जो हमारे विचारों से सहमत हो वे इस संबंध का समर्थन करें।"

अपना वक्तव्य पूरा करने के बाद तात मौन हो गए।

मैं दम साधे बैठी थी। क्षण भर पश्चात ही 'साधु! साधु!!,' 'उत्तम! उत्तम!!,' 'स्वागत है' की ध्वनियां वायु प्रकंपित करने लगीं। मैंने संतुष्टि

का एक दीर्घ निःश्वास छोड़ा। चंद्रगुप्त के मुख पर आश्वस्ति के भाव आ गए और उन्होंने कृतज्ञ दृष्टि से अपने गुरु की ओर देखा। तात निर्लिप्त भाव से उपस्थित समुदाय को देख रहे थे।

तात चाणक्य के निर्देश पर अन्य पुरोहितों ने एक पात्र में अग्नि प्रज्ज्वलित करना प्रारंभ कर दिया। तत्पश्चात् मंत्रोच्चार प्रारंभ हो गए। मंत्रों का अर्थ मुझे स्पष्ट नहीं था तथापि मुझे प्रतीत हुआ कि विवाह-संस्कार मनोवेगात्मक परिपक्वता की वृद्धि के लिए प्राप्त होने वाले महान् सुअवसर का प्रारंभ है। तात की आज्ञा से संस्कार प्रारंभ हुए।

संस्कार के प्रथम सोपान के रूप में चंद्रगुप्त ने मेरा पाणिग्रहण किया। मंत्रोच्चार के मध्य हम दोनों ने तीन बार अग्नि की परिक्रमा की। पुरोहितों के निर्देशानुसार हमने पूषन, भग और आर्यमन को आहुतियां दीं। बताया गया कि ये क्रमशः समृद्धि, सौभाग्य और वैवाहिक निष्ठा के देवता हैं। पुरोहितों के निर्देश पर हमने एक-दूसरे के हृदय को स्पर्श किया और प्रार्थना की–"भले ही हमारे शरीर दो हैं पर हम मन और हृदय से एक हों। हमारे हृदयों में कभी दुःख प्रवेश न करे।"

पुरोहित के निर्देश पर हम दोनों समीप रखे गए एक पत्थर पर चढ़े और कामना की, "हमारा पारस्परिक प्रेम इस पत्थर की भांति दृढ़ और अचल हो।"

इसके बाद हम दोनों साथ-साथ सात पग चले। चंद्रगुप्त ने मुझे संबोधित करते हुए कहा, "आप मेरे साथ सात पग चल चुकी हैं, अब मेरी सहचरी बनें और मैं आपका साथी बनूं। आपके साथ मेरे सहचर्य में कोई बाधा न डाल पाए। जो लोग हमारे आनंद में वृद्धि चाहते हैं उनका आर्शवाद हमें प्राप्त हो।"

अंत में हम दोनों ने संयुक्त प्रार्थना की, "यह उत्कृष्ट संयोग अविच्छेद्य रहे। हमारा जीवन प्रेम, उल्लास, सुअवसरों, समृद्धि, सुख, संतान और पवित्रता से भरा रहे। विश्व के देवता हमारे हृदयों को मिलाकर एक कर दें, जल हमारे हृदयों को मिलाकर एक कर दे, मातरिश्वा, धाता और द्वेष्टा हमें परस्पर घनिष्ठ रूप से बांध दें। हम शपथ लेते हैं कि धर्म, प्रेम और

सांसारिक समृद्धि के क्षेत्रों में एक-दूसरे की आशाओं और आकांक्षाओं को प्रोत्साहित करेंगे।"

विवाह-संस्कार पूर्ण होने पर तात आसन त्यागकर खड़े हो गए। चंद्रगुप्त के साथ मैंने उनके चरण-स्पर्श किए। तात ने आशीर्वाद दिया, "प्रिय वधू! तुम पति-गृह में साम्राज्ञी बनकर उसी प्रकार सब सुखों की वर्षा करने वाली बनो जैसे समुद्र सरिताओं का सम्राट होकर सबके कल्याणार्थ वर्षा करता है।"

लोक-चिंतक तात का आशीष भी उनकी विचारधारा के अनुरूप था।

तत्पश्चात वहां उपस्थित सभी पुरुषों और स्त्रियों को हमने प्रणाम किया। उन्होंने हर्षध्वनि प्रकट करके हमें आशीर्वाद दिया। एक मंत्री ने चंद्रगुप्त के अति निकट खड़े होकर मंद-स्वर में कोई संदेश दिया। चंद्रगुप्त ने सबकी ओर उन्मुख होकर घोषणा की–"इस विवाह-संस्कार में पधार कर आपने हमें अनुगृहीत किया है। आपके उपहारों को हम सहर्ष स्वीकार करते हैं।"

तभी सहसा स्त्रियों के एक समूह ने मुझे आवृत्त कर लिया और प्रासाद के एक प्रकोष्ठ में ले गईं। यहां राजकुल तथा अन्य आमंत्रित स्त्रियां उपस्थित थी। सभी ने मेरा स्वागत किया। मुझे एक आसन पर बिठाया गया। एक-एक कर स्त्रियां आतीं मेरा मुख-दर्शन करतीं और मुझे सस्मित उपहार देतीं। उनके नेत्रों में व्याप्त प्रशंसाभाव मुझे स्पष्ट लक्षित होते। उपहारों को जैसे ही मैं स्पर्श करती, वे वहां से हटा दिए जाते। स्त्रियों की बहुलता के कारण यहां व्यक्तिगत परिचय का अवसर नहीं था। उनमें भारतीय सौंदर्य के वैविध्य के दर्शन कर मैं कृतार्थ हो गई।

एक घड़ी बाद सारा और चंद्रिका प्रकट हुईं। वे दोनों विशिष्ट परिधानों में जीवंत उत्सव सी लग रही थीं। अभी तक उनकी अनुपस्थिति कदाचित पूर्वनियोजित थी ताकि मैं स्वावलंबन से स्त्री-समाज में मिश्रित हो सकूं। उनके इंगित से मैंने स्त्री-समूह से विदा ली और उनके साथ चल दी।

पूरे प्रासाद में भोज-उत्सव चल रहा था। एक प्रकोष्ठ में चंद्रगुप्त विराजमान थे। मेरे वहां पहुंचते ही उन्होंने मेरा स्वागत किया, मुझे आसन

दिया। चंद्रिका एक स्वर्ण-स्थाली में भोजन लेकर आई। उसने चंद्रगुप्त से गुप्तरूप से कुछ कहा। उन्होंने प्रथम ग्रास लेकर मेरे मुख के निकट ले जाकर कहा, "प्रथम ग्रास यूनान की देवी को अर्पित करता हूं।"

मैंने वह ग्रास ग्रहण किया। तत्पश्चात् मैंने भी एक ग्रास चंद्रगुप्त के मुख की ओर बढ़ाकर सलज्ज हो धीरे से कहा, "यह ग्रास मैं अपने हृदय-देवता को अर्पित करती हूं।" चंद्रगुप्त ने शालीनता से उसे ग्रहण किया। सारा और चंद्रिका ने इस हर्षोत्सव का करतल ध्वनि से स्वागत किया। हम लोगों ने अपना भोजन समाप्त किया। सारा और चंद्रिका मुझे लेकर वहां से चल दी।

जिस नए प्रकोष्ठ में मुझे पहुंचाया गया उसकी सज्जा तो भारतीय थी परंतु वहां स्थित विशाल पर्यक यूनानी शैली का था। चंद्रिका ने बताया कि सिंधु उपत्यका में आवासित यूनानी काष्ठकारों को आमंत्रित कर यह पर्यक निर्मित कराया गया है। पर्यक के ऊपर एक शीर्ष पटल था, जिसके चारों ओर निशिगंध के श्वेत सुगंधित पुष्पों की माल्याएं झूल रही थीं। पर्यक-पट सुरपन्नाग के कुसुमों से आवृत्त था। विविध पुष्पों की मादक सुगंध पूरे प्रकोष्ठ में व्याप्त थी।

पर्यक के समीप स्वर्ण-आधार पर एक रत्नदीप रखा था। उसे देखकर मुझे एक कथा का स्मरण हो आया, जिसमें ऐसे ही रत्नदीप का वर्णन था, जो रत्नों से निर्मित होने के कारण स्वाभाविक रूप से दीप्तमान रहता था और जिसकी ज्योति न तो आलोकहत् हो सकती थी और न ही मंद पड़ सकती थी। कथा-नायक के साथ प्रेम-क्रीड़ा में निमग्न नायिका लज्जावश उस दीप पर कुमकुम फेंककर उसे बुझाने का प्रयास करती हैं, पर सफल नहीं होती।

मुझे पर्यक पर बैठाकर चंद्रिका चुपचाप पलायन कर गई। प्रकोष्ठ में सारा सहित अन्य कन्याएं मेरे निकट खड़ी थीं। कुछ समय पश्चात् चंद्रिका चंद्रगुप्त को लेकर आ गई। सभी कन्याओं ने चंद्रगुप्त से हास-परिहास करना प्रारंभ कर दिया। उनकी मनःस्थिति से जब विनोद का भाव परिलक्षित होने लगा, कन्याएं प्रकोष्ठ से चली गईं।

एकांत प्रकोष्ठ में चंद्रगुप्त के प्रथम सानिध्य में मेरी श्वासें उत्तेजना के कारण अति तीव्र हो गईं। हृदय प्रकंपित-सा होने लगा। कंठ शुष्क हो गया। मैं किंकर्तव्यविमूढ़ हो गई। मेरा संपूर्ण ज्ञान निष्फल हो गया। वधू-परिधान के पारदर्शक आवरण के मध्य से मेरे उन्मुक्त अचल यौवन को दृष्टि में भरते चंद्रगुप्त ऐसे खड़े थे मानो उनकी दृष्टि की पिपासा निवृत्त न हो रही हो। मैं पर्यंक पर आसीन थी। कुरबक के ताजे अधखिले पुष्पों से सज्जित कंधे पर झूलती मेरी वेणी भी मुझे धैर्य नहीं दे पा रही थी। माता का स्मरण किया तो सदैव शांत रहने वाला उनका मुख मेरे नेत्रों के सामने आ गया। इससे मन को कुछ शांति मिली और मस्तिष्क भी सचेत हो गया।

भारतीय आचार-व्यवहार से मैं परिचित थी। पर्यंक से नीचे आकर पति के चरण स्पर्श के लिए नीचे झुकने लगी तो चंद्रगुप्त ने बीच ही में स्कंधों से पकड़ लिया। मुझे सीधा खड़ा किया और मेरे नेत्रों में झांकते हुए बोले, "देवि! तुम्हारा स्थान चरणों में नहीं मेरे हृदय में है!" इतना कहकर उन्होंने मुझे अपने वक्ष से लगा लिया।

आलिंगनमयी प्रस्तुर-मूर्तियों की भांति हम दोनों निश्चल, निस्पंद, निर्विकार-से खड़े रहे। मुझे प्रतीत हुआ जैसे मेरा सारा अस्तित्व पति-देह में विलीन हो रहा है। 'नारी-समर्पण' का अर्थ प्रत्यक्ष हो रहा था। मन इस स्थिति से बाहर आने को प्रस्तुत न था। चंद्रगुप्त ने ही अपनी बलिष्ठ भुजाओं के पाश से मुझे मुक्त किया। कदाचित् वे कुछ कहना चाहते थे।

"देवि! यहां आप प्रसन्न तो हैं?"

"आपके सानिध्य में किसे सुख नहीं मिलेगा। कुछ ही क्षणों में आपने आजीवन वांछित प्रेम से मुझे आप्लावित कर दिया है, देव!" मैंने विगलित वाणी से आभार व्यक्त किया।

"तो अब मैं जाऊं?"

"कहां?"

अधैर्य से मैं आर्तनाद-सी कर उठी। फिर उनके मंतव्य को समझकर लजा गई। मेरी विचित्र दशा देखकर उन्मुक्त कंठ से वे हंस पड़े। मेरा हाथ पकड़कर बोले, "परिहास और प्रिया के अनुराग से बड़ा सुख भला किसमें होगा।...परंतु आप आशु-भयातुर क्यों हो उठी थीं?"

"देव, कदाचित आप स्त्री-स्वभाव नहीं जानते। उसका हृदय प्रेम से परिव्याप्त रहने के साथ-साथ आशंकाओं से भी आच्छादित रहता है।"

"विदुषी होने पर भी मुझे आप लता-सी निरीह लगती हैं।"

"सत्य कहा आपने। विकसित होने के लिए मुझ लता को आपका आश्रय चाहिए।"

"आश्रय नहीं 'प्रेम कहो।"

हमारी उस मधु-रात्रि की पूर्ण साक्षी राका-रजनी रही, जिसने गवाक्षों से हमारे प्रकोष्ठ में प्रवेश कर रत्नदीप के उज्ज्वल प्रकाश तक को निष्प्रभ कर दिया और अनिमेष हमारी क्रीड़ाओं को देखती रही। लौह-स्थली पर आघात कर घोषपाल किस प्रहर की घटिकाओं के घंटे बजा रहा है, हमें इसका ध्यान ही न रहा। पुरोहितों ने रात्रि में ध्रुव और अरुंधती नक्षत्रों के दर्शन करने के लिए कहा था ताकि पति ध्रुव की तरह स्थिर और पत्नी अरुंधती की भांति पवित्र और निष्ठावान रहे। दर्शन करने की बात हम विस्मृत कर बैठे।

सूर्योदय की सर्वदर्शी सुकुमार किरणें चंद्र-ज्योत्सना को आत्मसात कर हमारे द्वार पर सिर धुनने लगी तब कहीं अपने पाश से मुक्त कर वे अपनी दैनिक चर्चा में व्यस्त होने के लिए चले गए।

कुछ समय बाद मुझे सारा ने आकर संभाला। संयम की ध्वस्त श्रृंखलाएं मुझे अभी तक शैया से बांधे थी। पूर्व निशा के मदरंजित निमीलित नेत्रों को मुझे अपनी सखी के सामने खोलने में लज्जा आने लगी कि कहीं रात्रि का गोपन भेद उस पर प्रकट न हो जाय। एक नूतन, अनुभूत, आह्लादक अनुभव मुझे आक्रांत किए था। जब महाराज ने मुझे 'नवल रूप-संपन्न अनिद्य सुंदरी' कहकर संबोधित किया था तो मैं कृतार्थ और आप्तकाम हो उठी थी। उस आनंद से स्वयं को आलोकित अनुभव करते हुए मैं पुनः भावुकता से भर उठी। तभी सारा ने सहज, सात्विक, सरस वाणी में मुझे चेत कराया। मैं तत्काल उठ गई। दैनिक क्रियाओं से निवृत्त होकर मैंने नए परिधान धारण किए।

चंद्रिका आई और मध्याह्न तक बैठी परिहास करती रही। उसकी वार्ता का एक ही केंद्र-बिंदु था–गतरात्रि की बातें। ज्ञात नहीं मुझमें कैसा परिवर्तन

आ गया था कि अशिष्टता की सीमा को स्पर्श करने वाली उसकी बातों से मैं उद्विग्न नहीं हुई वरन् मुझे प्रिय ही लगीं।

मैंने नयनों की अनबोली भाषा में चंद्रिका से पूछा कि चंद्रगुप्त कहां है?

उसने बताना प्रारंभ किया, "कुछ समय पूर्व महाराज स्नानागार में पधारे थे। वहां तरुण स्नातक कुंभ में जल भरकर राजा को स्नान कराएंगे। तत्पश्चात् महाराज सूक्ष्म वस्त्र धारण कर भद्रासन पर विराजेंगे। वहां चंदन से उनकी देह का अनुलेपन होगा। प्रासाद में 'अग्निशरण' नामक स्थल पर हवन कर धार्मिक कृत्य करेंगे। वहां से जाकर दानशाला में विराजेंगे जहां वेदों के विद्वान राजा की कुशल-क्षेम पूछेंगे और उन्हें आशीर्वाद देंगे। फिर राजा वेदज्ञों, याज्ञिकों, ब्राह्मणों और स्नातकों को यथायोग्य स्वर्ण, निष्क, वस्त्र, गौ, अश्व आदि दान में देकर उन्हें सादर विदा करेंगे।

"तत्पश्चात् राजा के समक्ष नाना प्रकार के मांगलिक चिन्ह लाए जाएंगे। यथा-स्वर्ण-पत्र पर ठप्पा मारकर बनाए गए स्वास्तिक, स्वर्ण, माल्यपूर्ण कुंभ, प्रज्ज्वलित अग्नि, अक्षत से पूर्ण पात्र, अलंकृत कन्याएं, दधि, मधु, मंगलकारी पक्षी आदि। राजा इन पदार्थों का दर्शन करके इनमें से कन्याओं के अतिरिक्त कुछ वस्तुओं का दान भी करेंगे। फिर महाराज सभा में विराजेंगे और राजकाज प्रारंभ कर देंगे।"

चंद्रिका चली गई। राजा के निष्ठुर नैत्यिक कार्यक्रम से मैं चकित थी।

छह

मध्याह्न में चंद्रिका फिर आ गई। मैंने उससे पूछा कि विवाह समारोह में बड़ी महारानी और उनके पुत्र के दर्शन नहीं हुए।

चंद्रिका उदास हो गई। बताया, "बड़ी महारानी जी का तो पांच वर्ष पूर्व ही निधन हो गया था। हां उनका एकमात्र पुत्र बिंदुसार है। बीस वर्ष का होने पर भी लज्जालु है इसलिए आपसे नहीं मिला। विवाह समारोह का पूरा कार्यभार उसी पर था। महाराज चंद्रगुप्त उससे आपकी भेंट स्वयं कराएंगे।"

बाबा को कदाचित बड़ी रानी की मृत्यु के संबंध में ज्ञात न रहा होगा। उन्होंने तो मुझसे कहा था कि मैं उनके साथ प्रेम का व्यवहार करूं और उन्हें अपनी बड़ी भगिनी समझूं।

महाराजा गत पांच वर्ष से स्त्री-सुख से वंचित थे परंतु उनके आचरण से मुझे यह प्रतीत नहीं हुआ कि वे दूसरी पत्नी के लिए आतुर हैं। मुझसे उनका व्यवहार सौम्य, सुष्ठु और संयमित था। इसीलिए उस घड़ी पुरानी दुःखद बातों का न तो उन्होंने उल्लेख ही किया और न प्रसंग ही आने दिया।

सायंकाल महाराज पुत्र बिंदुसार को साथ लेकर पधारे। बिंदुसार सुदर्शन युवा था, ऊपर से राजपुत्र। उसकी छवि मुझे यूनान के प्रधान देवता जीयस के पुत्र एरिस-जैसी लगी। मैं जीयस की आराधना करती थी और एरिस को अपना मित्र मानती थी। तो बिंदु भी मेरा मित्र रहेगा, मैंने मन ही मन विचार कर लिया।

महाराज ने बिंदुसार से मेरा परिचय कराते हुए कहा, "बिंदु, यह तुम्हारी माता हैं, इन्हें प्रणाम करो।"

बिंदु ने मेरी ओर देखा। उसके नेत्रों में वात्सल्य का सागर उमड़ रहा था। करबद्ध हो, शीश नतकर उसने 'प्रणाम माता' कहा और मेरे चरण स्पर्श किए। उसे 'पुत्र' कहकर आशीर्वाद देने में मेरी जिह्वा जैसे काठ हो गई हो, मात्र इतना कह पाई 'यशस्वी भव...' आगे कोई संबोधन नहीं।

देवताओं ने मेरी सहायता की। बिंदु अपनी मन-तरंग में बोला, "अच्छा, यह बताइए यूनानी भाषा में 'मित्र के लिए क्या शब्द है?'

"मैत्रोन"

"यह तो हमारे 'मित्र' शब्द से मिलता है।"

"ऐसे बहुत से शब्द हैं, जो संस्कृत-शब्दों से साम्य रखते हैं।"

"यथा..."

"जैसे पुस्तक के लिए 'पुरिकयोन' कलम के लिए 'कलमोस' पीठिका के लिए 'पित्तकियोन'..."

"बस कीजिए। आज से आप मेरी 'मेत्रोन' हैं। इस शब्द में 'माता' और 'मित्र' दोनों शब्दों की ध्वनियां व्यंजित होती हैं।"

महाराज हमारी वार्ता का आनंद ले रहे थे। सहसा बोले, "बिंदु, तुमने माता को मित्रोन बना लिया है पिता को क्या कहोगे?"

"महत् मित्रोन।" बिना एक क्षण नष्ट किए बिंदु ने उत्तर दिया।

पुत्र के प्रतित्वपन्नमतित्व पर हम दोनों हंस दिए।

महाराज आसन त्यागकर खड़े हो गए और प्रकोष्ठ से बाहर जाने को उद्यत होकर बोले, "हमें अभी कई राजकार्य संपन्न करने हैं, तत्पश्चात् गुरुदेव को जाकर प्रणाम करना है। आप दोनों अपनी मित्रता को और अंतरंग बनाइए।"

"महाराज..." मेरे उच्चारण पर वे चलते-चलते थमे और सौम्य प्रश्नवाचक दृष्टि से मुझे देखा।

"...मैं भी तात के चरणों में प्रणाम निवेदन करना चाहती हूं।"

"देवि, गुरुदेव से भेंट करने के लिए उनकी पूर्वाज्ञा की, अनुमति की

मुझे या राज्य के किसी अन्य व्यक्ति को आवश्यकता हो सकती है, पर आपको कदापि नहीं। आप उनकी पुत्री हैं, जब चाहे निर्द्वंद्व उनके अध्ययन-प्रकोष्ठ में चली जाइए।"

"परंतु..."

"हां, मुझे ज्ञात है बिना पूर्व अनुमति के या पूर्व सूचना दिए आप कदापि नहीं जाएंगी। मैं आपका निवेदन गुरुदेव तक पहुंचा दूंगा। तत्पश्चात् आप जानें और वे जानें। अच्छा बिंदु, मैं प्रस्थान करता हूं, अपने मित्र का ध्यान रखना।"

इतना कहकर बिंदु पर स्नेहिल दृष्टि डालकर चंद्रगुप्त चले गए।

मैंने बिंदु के समक्ष रखे आसन पर बैठते हुए कहा, "बिंदु, प्रतीत होता है महाराज के आप परम स्नेहभाजन हैं।"

"सत्य कहा आपने। इसे मैं अपना सौभाग्य समझता हूं। पिता के रूप में वे वटवृक्ष की तरह विशाल और आश्रयप्रदाता हैं। आपका भी स्नेहपात्र बन सकूं, यही मेरा प्रयास रहेगा।"

"समझिए आपके प्रयास का सीमांत आ गया है। वांछित स्नेह आपको इसी समय से, इसी क्षण से उपलब्ध है और मेरी मृत्यु-पर्यंत उपलब्ध रहेगा।"

"माता ऽ ऽ ऽ..." बिंदु ने लगभग चीत्कार करते हुए कहा, "मृत्यु की बात मत कीजिए, मत कीजिए। 'माता' के शब्द के साथ 'मृत्यु' शब्द का संयोजन अब मैं नहीं सहन कर पाऊंगा।"

बिंदु का स्वर आर्द्र होकर शिथिल पड़ गया। स्वर की आर्द्रता उसके नेत्रों में जा छलकी। मुझे प्रतीत हुआ कि मेरे भीतर का सुप्त मातृत्व जाग्रत हो गया है। किसी ने ठीक ही कहा है कि ईश्वर प्रत्येक स्त्री को वत्सल कुक्षि तो बाद में देता है पर जन्म से ही उसका हृदय ममत्व से भर देता है।

मैं अपने आसन से उठी और बिंदु के निकट पहुंची। उसके सिर पर ममत्व भरा हाथ रखा तो प्रेम का आतप पाकर उसके नेत्रों में ठहरी घनीभूत पीड़ा अश्रु बनकर बरसने लगी। मैंने उसका सिर अपने उदर से सटा लिया। उसने मेरी मूक सांत्वना ग्रहण कर ली और प्रकृतिस्थ होकर खड़ा हो गया।

मेरी आंखों में लहराते ममता के सागर का कदाचित उसने संधान कर लिया था। अब उसे एकांकी व्यथापान नहीं करना पड़ेगा।

"बिंदु पृथ्वी के विशाल पृष्ठभाग पर कोटि-कोटि मनुष्य जन्म लेते हैं। क्या उनमें से किसी का भी जीवन अक्षयदीप-जैसा सदैव प्रज्ज्वलित होता रहता है? नहीं न। कारण, मृत्यु एक अटल सत्य है। अतः अनिवार्य के विरुद्ध संघर्ष करने से अपनी ही शक्ति का ह्रास होता है। आप भावी सम्राट हैं। निकट भविष्य में अपने दो हाथों से दिग्दिगत संभालना होगा, अपने पराक्रम से जगत को संदीप्त करना होगा। पीछे मुड़कर देखने वालों के लिए जीवन कूपों का निर्माण करता है। अतः अपने मन को अभी से निग्रही, गंभीर और सुदृढ़ बनाओ। माता की पवित्र स्मृति हृदय में संजोए अवश्य रखो पर उसे दुःख का कारण मत बनने दो। स्मृतियों को काठिन्य देकर उन्हें संकल्प में बदलो।"

"अब दुःख के कारण का निवारण हो गया है। मातृ-संबंधी अपनी समस्त भावनाए मैं आपके चरणों से संलग्न करता हूं।"

"नहीं, ऐसा मत कहो बिंदु। जननी की पवित्र स्मृति अपने हृदय में बसाए रखो और उससे प्रेरणा लो। वैसे भी स्मृतियां हाथी के पैरों जैसी भारी होती हैं जो मन की आर्द्र भूमि पर अपना गहरा चिह्न छोड़ जाती हैं। तक्षशिला में महाराज से विवाह के बाद मेरे पिता ने मुझे यही सीख दी थी कि बड़ी महारानी की मैं ज्येष्ठ भगिनी की तरह जीवन भर सेवा करती रहूं। पर विधाता ने यह सुख मेरे भाग्य में नहीं लिखा था।" मेरा कंठ करुणा से अवरुद्ध हो गया।

"आपकी बातों से मैं इसी निष्कर्ष पर पहुंचा हूं कि संसार की कोई माता अपने मान का आग्रह नहीं करती। उसकी ममता, उसका वात्सल्य उसे ऐसा करने भी नहीं देते। अब आज्ञा चाहूंगा।" बिंदु ने प्रणाम किया और अचानक चला गया।

सात

संध्योपासना करने के पश्चात् तात चाणक्य कुछ काल के लिए चिंतन-मनन में निमग्न हो जाते हैं। उनके दर्शन करने के लिए मुझे यही समय उपयुक्त लगा अन्यथा वे अतिव्यस्त रहते हैं–दिन में राजकाज, उसके बाद ग्रंथलेखन। मैंने उनकी दिनचर्या ज्ञात कर ली थी।

सारा को साथ लेकर मैं तात के अध्ययन-प्रकोष्ठ के द्वार पर पहुंची। देखा वे गहन सरोवर की तरह शांत ध्यानमग्न बैठे हैं। उनके अनावृत कृश-गात और तेजोमय मुख को देखकर ऐसा प्रतीत हुआ जैसे यूनानी वन देवता सटीरोस चिंतन में डूबा अन्य देवों से परामर्श करने की भूमिका बांध रहा हो। मैंने सारा के हाथ से फल और मिष्ठान से पूर्ण पात्र ले लिया। सारा वापस चली गई।

मैंने निःशब्द प्रकोष्ठ में प्रवेश किया। तत्समय मेरा मन कौतूहल, आदर, श्रद्धा, भय, संकोच आदि विचित्र भावों से भर उठा। पात्र लिए हुए मैं एक पीठिका पर बैठ गई। तात पर दृष्टिपात कर मैं बाबा की स्मृति में ऐसी खोई कि मुझे ज्ञात ही न हुआ कि कब आचार्य ध्यान से निवृत्त हुए और मेरी ओर निर्निमेष देखने लगे। मैं सचेत हुई तो देखा तात की दृष्टि मेरी ओर है।

शीघ्रता से उठकर हाथ का पात्र मैंने अन्य पीठिका पर रखा और तात की चरण वंदना की। उन्होंने आशीर्वाद दिए। मैं अभिभूत-सी उनके समक्ष ही खड़ी थी। आज्ञा पाकर उनके समक्ष रखी पीठिका पर बैठ गई।

"कैसी हो पुत्री?"

"आपका आशीर्वाद है तात।"

"अभी कुछ समय पूर्व पिता को स्मरण कर रही थी?"

"हां तात। बाबा की स्मृति झंझा की भांति आकर कभी-कभी मुझको व्याकुल बनाती है। आपको देखकर हृदय को शांति मिल गई। मैंने आपके कार्य में बाधा तो नहीं डाली?

"नहीं। पुत्रियां पिता के लिए सदैव मंगलकारी होती हैं। उनका आगमन सदा स्वागतेय होता है।"

"तात, महाराज से ज्ञात हुआ कि आप 'अर्थशास्त्र' नामक ग्रंथ का प्रणयन कर रहे हैं।"

"हां, अब यह ग्रंथ समाप्तप्राय है।"

"इसका विषय क्या धन-संपत्ति से संबंधित है?"

"मुख्यतः यह ग्रंथ दंडनीति है, जिसमें सब विद्याओं का अंतर्भाव है। दंड अर्थात् शस्त्र द्वारा सुरक्षित तथा सुशासित देश में ही शास्त्रों की चिंता या उनका अनुपालन हो संकता है। अतः दंडनीति को अन्य सब विद्याओं की आधारभूत विद्या के रूप में जाना जाता है। हमारे देश में एक विस्तृत अर्थशास्त्रीय परंपरा रही है।"

"क्या? आपके अर्थशास्त्र का मूल विषय क्या है?"

"अर्थशास्त्र में एक ऐसी शासन पद्धति का विधान किया गया है, जिसमें राजा या शासक प्रजा का कल्याण संपादन करने के लिए शासन करता है। वह स्वेच्छाचारी होकर शासन नहीं कर सकता। उसे मंत्रिपरिषद की सहायता प्राप्त करके ही प्रजा पर शासन करना होगा।"

"इसका अर्थ यह हुआ कि राजा भी स्वतंत्र सत्ता नहीं है।"

"यह सत्य है। प्रजा के सुख में ही राजा का सुख है, प्रजा के हित में ही उसका हित है। राजा का अपना स्वार्थ या प्रिय कुछ नहीं, प्रजा का प्रिय ही उसका प्रिय है।"

"तात, क्या हम यह नहीं कह सकते कि 'डोमोस' ही सर्वोपरि है।"

"यदि 'डोमोस' का अर्थ समान्य लोग हैं तो तुम्हारा विचार मुझे भी

मान्य है। अब अर्थशास्त्र पर और चर्चा नहीं। यूनानी साहित्य पर बात हो तो मेरे ज्ञान में भी वृद्धि हो।"

"तात, आपके ज्ञान की कोई सीमा प्रतीत नहीं होती। आपने सर्वथा अपरिचित शब्द 'डोमोस' का अर्थ ग्रहण कर लिया है।"

"अपनी विद्वता के कारण नहीं, संदर्भ से अर्थ ग्रहण किया। संस्कृत और यूनानी भाषा में पर्याप्त समानता है। इससे विदित होता है कि कई विशिष्ट मानव जातियों की अर्थ-व्यवस्था, सामाजिक संगठन और धार्मिक विश्वास किसी सीमा तक समान थे।"

"आपने सत्य कहा तात। मैं भी यही अनुभव करती हूं, पर मेरे विचार इतने स्पष्ट कभी नहीं रहे। अर्थशास्त्र में मेरी रुचि है, मैं इसका सम्यक् अध्ययन करना चाहती हूं।"

"तुम्हारे जैसी विदुषी अध्येता पाकर मेरा ग्रंथ धन्य हो उठेगा। इस ग्रंथ की प्रथम प्रति तुम्हें समर्पित करूंगा।"

"क्षमा करें तात। मेरी कामना है कि प्रथम प्रति आप राजा को ही समर्पित करें परंतु..."

"परंतु क्या पुत्री?"

"तात, क्या मैं अपनी सीमा का अतिक्रमण कर रही हूं?"

"कदापि नहीं। मुझे प्रसन्नता है कि मेरे साथ उन्मुक्त वार्ता करने वाला कोई तो है। तुम अपना कथन पूरा करो।"

"यह ग्रंथ विशिष्ट जन-सभा में सम्राट को सौंपा जाय।"

"मैंने यह ग्रंथ स्व-कीर्ति अथवा यश के लिए प्रणीत नहीं किया है। वस्तुतः कीर्ति-भार से विरहित व्यक्ति अधिक सुखी, अधिक मुक्त रह सकता है।"

"आपने अर्थशास्त्र में सामान्य जन के प्रति राजा के कर्तव्यों का वर्णन किया है। राजा के कर्तव्य जन के अधिकार हुए। यदि 'डोमोस' अपने अधिकारों के प्रति जाग्रत रहेगा तो राजा अपने कर्तव्यों के प्रति और प्रतिबद्ध होगा।

"साधु पुत्री, साधु! तुम्हारे विचारों में अदृष्ट भविष्य की राज-व्यवस्था

के संकेत छिपे हैं। तुम्हारे गगन-स्पर्शी उत्साह को देखते हुए मैं 'अर्थशास्त्र' के लोकार्पण हेतु सार्वजनिक समारोह आयोजित करने की अनुमति देता हूं। तुम कार्यक्रम का स्वरूप निर्धारण कर लो। विचार विमर्श के लिए जिसकी सेवाएं लेना चाहो, लो। शेष व्यवस्था राज्य करेगा।"

"बिंदुसार परामर्शदाता के रूप में कैसा रहेगा?"

"अति उत्तम, परंतु परामर्शदाता नहीं, सहयोगी कहो। चंद्रगुप्त ने कल ही बताया था कि वह तुम्हारा मित्र बन चुका है।"

सहसा मेरी दृष्टि प्रकोष्ठ के एक कोने में जा टिकी, जहां किसी वृक्ष के पत्रों का अबार लगा था। मेरी जिज्ञासा शांत करने के लिए तात ने बताया कि वे ताल-वृक्ष के पत्र होने के कारण ताल-पत्र कहलाते हैं। लेखन कार्य इन्हीं पत्रों पर होता है। बाद में इन्हीं पत्रों को सूची से ग्रंथित कर लिया जाता है, तब इन्हें 'ग्रंथ' कहा जाता है।

"यूनान में ग्रंथ-लेखन किस वस्तु पर होता है?" तात ने जिज्ञासा प्रकट की।

"यूनानी लेखक 'पेपाइरस' नामक झाड़ी से बने एक प्रकार के पत्र पर अपनी रचनाएं लिखते है। मूल ग्रंथ की प्रतियां भी इन्हीं पत्रों पर बनाई जाती हैं। मैं कई यूनानी ग्रंथ साथ लाई हूं, आपको दिखाऊंगी।"

"अवश्य। और उस समय यूनानी साहित्य की ही चर्चा होगी।"

मैं तात का संकेत समझ गई। उनका पर्याप्त समय मैं नष्ट कर चुकी थी। मैंने उनके चरण-स्पर्श किए और विदा लेकर उनके प्रकोष्ठ के बाहर आई। वहा मैंने सारा और चंद्रिका को प्रतीक्षारत पाया।

आठ

मैं अपने प्रकोष्ठ में लौट आई। सारा और चंद्रिका साथ ही थीं। मैं चाहती थी कि महाराज के आगमन से पूर्व मैं बिंदु से बात कर पूरी रूपरेखा स्थिर कर लूं और उसके पश्चात समारोह संबंधी सूचना सुखद आश्चर्य के रूप में चंद्रगुप्त को दूं।

"महाराज के दर्शन कब हो सकेंगे?" मैंने चंद्रिका से पूछा।

"महारानी जी, अभी तो नहीं।"

"..."

मेरे मौन रह जाने पर चंद्रिका समझ गई कि मैं इस समय परिहास की मनःस्थिति में नहीं हूं।

गंभीर होकर चंद्रिका ने बताया, "राजा के दिन और रात्रि आठ-आठ भागों में विभाजित होते हैं। दिन का तृतीय एवं रात्रि का द्वितीय भाग स्नान, भोजन एवं स्वाध्याय के लिए निश्चित है, छठे भाग का उपयोग वह स्वविवेक से कर सकता है। रात्रि का तीसरा, चौथा और पांचवा भाग वह अंतःपुर में व्यतीत करेगा। अंतःपुर में प्रवेश के समय तूर्य-ध्वनि होगी। इस समय तो दिवस का अंतिम भाग ही चल रहा है।"

चंद्रिका के व्यंग्य की उपेक्षा करते हुए मैंने अनुरोध किया, "किसी परिचारिक को भेज कर राजकुमार बिंदुसार को सूचना दीजिए की मैंने उसे तत्काल स्मरण किया है।"

चंद्रिका ने प्रकोष्ठ के बाहर जाकर परिचारिका को भेज दिया।

सारा और चंद्रिका मेरे प्रकोष्ठ से जाने को उद्यत हुई तो मैंने आदेशात्मक स्वर में कहा, "आप दोनों को यहीं रहना है। राजकुमार के साथ जिस विषय पर वार्ता होगी उसके संबंध में आपके विचार भी आमंत्रित किए जाएंगे। आप लोगों की प्रतिभा-परीक्षा का समय निकट है।"

उन दोनों ने एक दूसरे को साश्चर्य देखा। मैं गंभीर बनी रही इससे प्रकटतः उनकी उत्तेजना और बढ़ गई।

बिंदु ने तीव्रता से प्रकोष्ठ में प्रवेश किया। मुझे प्रणाम कर प्रश्नपूरित नेत्र मेरे सामने उठाए। तत्क्षण पूछा, "आज्ञा, मात?" सत्य ही, युवकों में प्रतीक्षा का धीरज नहीं होता।

"आप शांतिपूर्वक आसन ग्रहण कीजिए। आपसे एक परामर्श करना है। अपनी दोनों सखियों को भी मैंने उसी संबंध में रोक रखा है।"

उन तीनों की उत्सुकता कंठ में आ गई।

मैंने संक्षेप में आचार्य की सद्य प्रणीत ग्रंथ 'अर्थशास्त्र' के लोकार्पण हेतु समारोह आयोजित करने की योजना बताई। सभी ने अपनी प्रसन्न सहमति प्रकट की।

मैंने प्रस्ताव रखते हुए कहा, "इस अवसर पर एक समूहगान प्रस्तुत किया जाय तो कैसा रहेगा?"

"अति उत्तम"। सभी के मुख से एक साथ निकला। गीत के विषय में कोई कुछ कहे इसके पूर्व ही सारा ने मेरे अनुरोध पर यूनान का एक लोक-गीत सुनाया। बिंदु और चंद्रिका ने प्रशंसा-भाव व्यक्त किए। सारा गीत का विश्लेषण करते हुए एक-एक शब्द का भाव बिंदु को समझाने लगी।।

देखती हूं सारा में गंभीर परिवर्तन आया है। प्रत्येक कार्य वह मेरे संकेत मात्र पर पूरा कर देती है। एक गीत सुनने के लिए उससे कितनी मनुहरें करनी पड़ती थी। यह परिवर्तन मेरे महारानी बन जाने के बाद आया है। सखी वही पर अब उसका सखीत्व लुप्त हो रहा है। जीवन का यह एक अद्भुत रंग देखते-देखते मद्धिम पड़ रहा है।

"सारा, तुम चंद्रिका की सहायता से, तीन या पांच संगीत-निपुण कन्याओं का चुनाव कर लो और उन्हें गीत का पूर्वाभ्यास करा डालो। इस सहगान की प्रमुख गायिका तुम ही रहोगी।"

मैं सोच रही थी कि बिंदु को उसकी गरिमा के अनुरूप कौन-सा कार्य दिया जा सकता है कि वह आतुर हो पूछने लगा, "माता, मेरे लिए कौन-सा कर्तव्य निश्चित किया है?"

"आप दौवारिक से समारोह के संबंध में बात कर लें। राजप्रासाद के सारे कार्य उन्हीं के माध्यम से पूर्ण होते हैं। समारोह की तिथि बाद में घोषित की जाएगी, परंतु इतना तो निश्चित है कि अभी पंद्रह दिन तो शेष ही है। इस अंतरा में मैं महाराज की आज्ञा भी प्राप्त कर लूंगी।"

"क्या पूज्यपाद आचार्य जी ने आज्ञा दे दी है?" मेरे 'भी' पर बिंदु उत्सुक हुआ।

"आज्ञा तो नहीं, तात आचार्य ने अपनी सहमति मात्र दी।"

हमारा युवा-सम्मेलन समाप्त हो गया। रात्रि का द्वितीय भाग प्रारंभ होने वाला था। इस अवधि में स्नान-संध्योपासना-भोजन आदि होता था। रात्रि-भोज की व्यवस्था हमारे यूनान से भिन्न होते हुए भी देश-काल के अनुरूप थी। सभी पुरुष भोजन के लिए एक साथ बैठते। आयु में सबसे बड़ा व्यक्ति पहला ग्रास लेता तभी अन्य लोग भोजन प्रारंभ करते। किसी कार्यवश नगर से बाहर होने के कारण अनुपस्थित व्यक्ति का भोजन भी सभी के साथ परोसा जाता, जो बाद में गाय को अर्पित कर दिया जाता। सभी स्त्रियां एक साथ बैठतीं और पुरुषों की तरह ज्येष्ठा पहला ग्रास ग्रहण करती।

रात्रि के तृतीय भाग के प्रारंभ होते ही तूर्यनाद के साथ महाराज ने अंतःपुर में प्रवेश किया। मैंने प्रतिदिन की भांति प्रकोष्ठ के द्वार पर उनका अति उत्साह से स्वागत किया। प्रकोष्ठ में प्रवेश करने पर सर्वप्रथम उन्हें आसन दिया फिर प्रणाम किया। उनके संकेत पर मैं भी उनके समक्ष आसन पर बैठ गई। कुछ समय तक हमारी मौन भावनाएं परस्पर स्पंदित होती रहीं और हम चित्र-लिखित से बैठे रहें। चंद्रगुप्त को अपनी ओर निष्पलक रसडूबी-दृष्टि से देखते पाकर मैं कुछ विचलित हो गई। पूछा, "ऐसे क्यों देख रहे हैं?"

"देवि, क्या करूं, आपके निसर्गदत्त सौंदर्य का गर्व मेरी आखों में उभर आता है भले ही वह आपके लिए साधारण वस्तु हो। हे ज्योर्तिमयी अभिसारिका! तुम्हें देखते ही संभ्रमता छा जाती है, किंकर्तव्यता व्यापत हो जाती है।"

ऐसा प्रतीत हुआ जैसे महाराज की रसना के सरस पथ पर हृदय के उद्‌गारों का आवाह्न हो रहा हो।

"आज्ञा हो तो कुछ निवेदन करूं।"

"अवश्य! अपनी वाणी के प्रसाद से मुझे धन्य करें!"

मैंने समारोह के विषय में महाराज को विस्तार से बताया। मैंने इस आयोजन में बिंदु को भी सम्मिलित किया है, यह ज्ञात होने पर उन्हें प्रसन्नता हुई। कुछ क्षणों तक मौन रहने के बाद महाराज ने कहा, "यह आयोजन भव्य-स्तर पर हो इसका प्रबंध कर दिया जाएगा। शुभ तिथि गुरुदेव ही विचार कर बताएं तो उत्तम रहेगा। जब से आपने राजप्रासाद में पदार्पण किया है यहां नवजीवन-सा व्याप्त हो गया है। विश्रात विजड़ित राजप्रासाद अब गति के विलास से परिपूर्ण हो उठा है और नवजात शिशु की भांति सुंदर लगने लगा है।"

"तिथि के विषय में तात से मैं स्वयं पूछ लूंगी। उन्होंने पुनः भेंट करने के लिए कहा है।"

"कोई विशेष प्रयोजन?" महाराज ने सरल जिज्ञासा की।

"हां, तात मुझसे यूनानी साहित्य पर चर्चा करना चाहते हैं।"

"यदि मैं भी करना चाहूं तो?"

"यह मेरा सौभाग्य होगा।" मैंने विनत होकर कहा।

"क्या बिंदु को साहित्य और कला से प्रेम है?" स्नेह-दुर्बल निरुपाय अभिभावक की भांति महाराज ने प्रश्न किया।

"कुमार सारा से यूनानी भाषा की शिक्षा ले रहे हैं। कदाचित उनका विचार यूनानी साहित्य और दर्शन का अध्ययन करने का हो। यूनानी चित्रकला में भी रुचि प्रदर्शित कर रहे हैं।"

"कुमार भारतीय चित्रकला में निष्णात है। जिज्ञासावश जानना चाहूंगा कि यूनानी चित्रकला में क्या विशिष्ट है?"

"दोनों देशों की कलाएं अपने-अपने स्थान पर श्रेष्ठ हैं। जहां तक मैं समझ पाई हूं भारतीय चित्रकला किसी अप्राप्य, अपने से ऊपर स्थित किसी दूरस्थ बिंदु पर पहुंचने का प्रयत्न करती है। यूनानियों ने मानवों, जंतुओं और प्रकृति को चित्रकला का विषय बनाया है। वे अपनी कला को मानववादी कला कहते हैं।"

"तक्षशिला में अध्ययन के समय मुझे ज्ञात हुआ था कि प्राचीन यूनानी दार्शनिक मानववाद के पोषक थे।"

"आपका कथन सत्य है।"

"एक बात मेरी समझ में नहीं आती कि गुरु के रूप में अरस्तू ने अपने शिष्य सिकंदर को मानवता का पाठ क्यों नहीं पढ़ाया?"

"सिकंदर के विषय में ऐसी ही शंका मैंने बाबा के सामने रखी थी। उन्होंने बताया था कि सिकंदर आदर्श शिष्य नहीं था। वह होमर के महाकाव्यों से अत्यधिक प्रभावित था। उनके महाकाव्य 'इलियड' और 'ओडिसी' यद्यपि उत्कृष्ट काव्यशैली में लिखे गए हैं और उनकी भाषा अत्यंत समृद्ध और अभिव्यक्तिपूर्ण है, परंतु उनका कथ्य यही है कि वीरता मात्र कीर्ति और अभिमान-बोध से चालित होती क्रूर कर्म मात्र है। ये काव्य किसी वृहत्तर आदर्श या जातीय स्वप्न से नहीं जुड़े हैं।"

"साधु, देवी साधु! न्यूनतम शब्दों में किसी विषय या व्यक्ति की गहन समीक्षा करना कोई आपसे सीखे। एक प्रश्न और। क्या आपने अपने पिता के समक्ष सिकंदर की कभी निंदा की है?"

"नहीं। निंदा करना मेरा स्वभाव नहीं है। उसे मैं मानवीय अवगुण समझती हूं। हां, मैंने कई ऐसी बातें अवश्य उठाई, जो बाबा को बुरी लगी। उन्होंने सोचा होगा कि कदाचित् बालोचित अविवेक के कारण मैं ऐसे प्रश्न कर रही हूं। अतः वे उस समय चुप रहे।"

"क्या युद्धों से आपको घृणा है?"

"देश-काल की परिस्थिति के अनुसार अपरिहार्य युद्ध को मैं निंदित

नहीं समझती। बाबा के तक्षशिला-अभियान के मैं विरुद्ध थी और इसी कारण उनके साथ आई कि मैं येन-केन-प्रकारेण उन्हें युद्ध से विरत कर सकूं।"

"और अंत में कर ही लिया।"

"वे युद्ध से विरत कहां हुए। यहां आकर पराजित हुए और निरुपाय होकर संधि करनी पड़ी।"

"क्या बाबा की पराजय और संधि'की लेकर आपके मन में कोई ग्रंथि है, जो आपको कचोटती हो।"

"कदापि नहीं महाराज। वास्तव में बाबा मुझसे बहुत प्रेम करते हैं इसी कारण मानसिक स्तर पर मुझे कभी पूर्ण रूप से समझ नहीं पाए। संसार में सबसे अपरिचित यदि कोई होता है तो वह है अपनी संतान, जिसे पिता निश्चित विश्वास के आवरण में आवृत्त किए रहता है। जो भी हो, परिस्थितियों ने जैसी दिशा परिवर्तित की उससे मेरे पुण्य ही उदित हुए। मेरे भाग्याकाश पर आप चमके। मेरा सुप्त सौभाग्य जगमगाने लगा।"

"देवि क्या आप चाहती हैं कि सौभाग्य-देवी हमारे पुत्र पर भी प्रसन्न हो।"

"आपका संकेत कुछ गूढ़ है। स्पष्ट कहें, देव।"

"आज ही मेरे पास एक श्रेष्ठ प्रस्ताव आया है। बिंदु के विवाह के संबंध में तुम्हारा क्या विचार है?

मुझे सुखानुभूति का रोमांच हो आया है। सौम्य उत्तेजना के वशीभूत हो मैंने अप्रत्याशित ही महाराज के दोनों हाथ पकड़ लिए!

"सत्य कहिए, कहीं परिहास तो नहीं कर रहे हैं।"

"नहीं देवि! परिहास नहीं, सत्य ही कह रहा हूं।"

"तात से बात चलाई क्या?"

"हां। प्रतीत होता है, जैसे वे उत्सुक ही बैठे थे। विवाह-प्रस्ताव का अपने आशीर्वचनों से अभिषेक कर दिया। अब बिंदु की सहमति लेने का उत्तरदायित्व आपका है।"

"क्या बिंदु की सहमति में आपको संदेह है?"

"मुझे ही नहीं, गुरुदेव को भी उसकी सहमति मिलने में शंका है। हम दोनों का विचार है कि आप माता के रूप में या मित्र की भांति बिंदु को विवाह के लिए सहमत कर लेंगी।"

"बिंदु के ऊपर इतना अधिकार तो मेरा है ही। अच्छा, यह बताइए कन्या कैसी है?"

"कन्या मैंने स्वयं तो नहीं देखी है, परंतु जिसने देखी है, उसके सौन्दर्य-बोध पर विश्वास किया जा सकता है। उसके अनुसार कन्या केसर मिश्रित दुग्ध जैसी चंपकवर्णी और लावण्यमयी साक्षात प्रकृति सुंदरी है। विलक्षण सौंदर्य की धनी है वह। बिना हंसे हंसती हुई-सी लगती है। बिना बोले दृष्टिमात्र से बोलती हुई प्रतीत होती है। ललित कलाओं में निष्णात् है।"

महाराज के सौंदर्य-वर्णन पर मैं मुग्ध हो गई। मैंने अपना करणीय निश्चित कर लिया। उत्तरदायित्व मुझे सौंपकर महाराज की मुखमुद्रा लहरविहीन सागर की तरह शांत थी।

मैंने प्रश्नपूरित नेत्र महाराज की ओर फेंरते हुए पूछा, "क्या विवाह का समय निश्चित हो गया है?"

"आपसे परामर्श किए-बिना कुछ भी कैसे निश्चित हो सकता है।"

"धन्य हुई मैं। मुझे न्यूनतम तीन माह का समय चाहिए।"

"हमने तो तीन माह का समय दिया, पर ध्यान रखिएगा कहीं आपका पुत्र ही शीघ्रता करने के लिए हठ न करे।"

"क्षमा कीजिएगा, मेरा पुत्र संयमशील है, आपकी तरह... ।"

"संयमदग्ध नहीं।' मेरा वाक्य पूरा कर महाराज पीठिका से उठे और मेरे हाथ थामकर पर्यक की ओर अग्रसर हुए। उनका स्पर्श पाकर शरीर रोम-कटंकित और मन पुलकित हो उठा।

रात्रि अधंकार का श्रृंगार कर हमारे प्रकोष्ठ में प्रवेश कर चुकी थी। पर्यक पर हम नित्य की तरह सरस वार्ता में निमग्न रहे और अंत में क्लांत हो निद्रा देवी के आंचल में विस्मृत हो गए।

नौ

सुगंध जैसे वायु का आश्रय लेकर पुष्प के बाहर आती है वैसे ही मानो सूर्य-करणों की प्रखरता ने बिंदु को मेरे प्रकोष्ठ में प्रक्षिप्त कर दिया हो। कुछ पल को समय जैसे स्थिर हो गया हो। मुझे प्रतीत हुआ कि आज का सूर्य कल से अधिक प्रकाशवान है।

प्रणाम करने के बाद क्षणांश की भी प्रतीक्षा किए बिना बिंदु बोला, "मित्रोन, वचन दीजिए कि आज जो मैं कहूंगा वही होगा, अन्यथा नहीं।"

अज्ञात भय के घन मेरे मन में घुमड़ने लगे। कहीं विवाह की चर्चा बिंदु तक तो नहीं पहुंच गई और वह अपनी अस्वीकृति में मित्र के रूप में मुझे संलग्न करना चाहता हो ताकि माता के आदेश की अवेहलना करने में सुविधा रहे। जानता है, माता मित्र के समक्ष परास्त है। बिंदु विनम्र है, परंतु निर्भीक है, कुछ भी कह सकता है। फिर लगा मैं व्यर्थ ही चितिंत हूं। उस दिन इसी बिंदु ने घोषणा-सी की थी कि माता, वचन और धर्म मनुष्य की सर्वश्रेष्ठ मान-मर्यादाएं हैं। समय आने पर इनकी रक्षा प्राण देकर भी करनी चाहिए। इस विचार से मन कुछ शांत हुआ।

मुझे विचार-मग्न देखकर बिंदु मेरी ओर निष्पलक निहारने लगा। युवक का औधत्य कदाचित इस समय संयम की रज्जु से बंधा था इसीलिए उसने मेरे विचार-प्रवाह में बाधा नहीं डाली। मेरी समाधि टूटने की प्रतीक्षा करता रहा।

अंततः मैंने बिंदु की ओर दृष्टि डाली। उसके नेत्रों में चंचल दृष्टि का विलास था और अनुभवहीन बालक की तरह वह अब भी शांत था। हाय मेरे देवताओं, विवाह की श्रृंखला में बांधकर इस भोले बालक को समय से पूर्व ही दाम्पत्य के कुंड में झोंककर राज्य अपना कौन-सा मरोरथ पूरा करना चाहता है।

चिंतन-सागर से बाहर निकलकर मैं बिंदु की ओर उन्मुख हुई, "बिंदु पहले तुम्ही कहो क्या कहना चाहते हो।"

"इसका अर्थ यह हुआ कि आपके पास कोई विशेष संवाद है।"

"मैं तुमसे नित्य ही कितने बातें कहती हूं, क्या उसमें कुछ विशेष होता है। अब अपनी बात कहो।"

"मित्रोन, मैंने सिकंदर का नाम और उसकी ख्याति सुनी है। क्या वह वास्तव में विश्व-विजेता था?"

मैंने संतोष का दीर्घ निश्वास लेते हुए मुदित हो कहा, "विश्व-विजेता होता तो भारत पर यूनानी राज होता।"

"वह तो अब भी है–आप महारानी जो हैं।"

मैंने सस्मित उसे देखा। बिंदु समझ गया कि वार्ता आगे बढ़ाने का यह मेरा संकेत था, पर वह मौन रहा, कदाचित स्पष्ट उत्तर चाहता था।

"वह विश्व-विजेता बनने का आकांक्षी था, पर बन नहीं सका।"

"क्या आपने सिकंदर को देखा था?"

"क्या मैं इतनी वृद्धा लगती हूं! सिकंदर की मृत्यु के समय मेरी आयु तीन वर्ष थी। हां यह कहा जा सकता है कि सिकंदर ने मुझे देखा था।"

"अरे मेरे देव, यह तो एक ही बात हुई।"

"एक कैसे हुई? उस समय मैं अबोध शिशु थी। मेरा जन्म फारस में हुआ था। सिकंदर ने ही मेरे पिता और माता का विवाह कराया था। मेरी माता फारसी कन्या थी–थी क्या, है।"

"आपके सौंदर्य का यही रहस्य है।"

"विषय से विचलित मत होओ पु...मित्रोन।"

"पुत्र के स्थान पर मित्रोन के उच्चारण में यदि आपको कोई असुविधा हो तो मुझे क्षमा करें।"

"क्षमा कर दिया। अब सिकंदर-पुराण आगे बढ़ाएं।"

"क्या किसी राजा का विश्व-विजय की भावना से परिचालित होना निंदनीय है।"

"हां है। यह भावना इस कारण त्याज्य है कि महत्वाकांक्षा कठोरता और निर्दयता को जन्म देती है। मेरी दृष्टि में सत्ता और ऐश्वर्य प्राप्त करने से कहीं अधिक महत्वपूर्ण है अपनी मानसिक शक्तियों का विकास करने की ओर उन्मुख होना।"

"कहा जाता है सिकंदर बहुत बड़े दार्शनिक का शिष्य था और वह जहां जाता था अपने साथ दार्शनिकों का एकं दल भी ले जाता था।"

"दार्शनिकों की संगति में रहने के उपरांत भी सिकंदर क्रूर और आशुक्रोधी बना रहा। एक अवसर पर क्रोधित हो भारत के दस संन्यासियों के वध की आज्ञा उसने दे दी, तो यूनानी दार्शनिकों ने ही उनकी प्राण-रक्षा की। हमारे महाराज के ऊपर भी उसने क्रोध किया और मेरे पिता को, जो तत्समय उसके सेनापति थे, उनका वध करने के लिए प्रेरित किया।"

"फिर ?" बिंदु के मुख पर उत्तेजना फैल गई।

"उस समय महाराज चंद्रगुप्त अपमान का विष पीकर चुप रहे। शिविर के बाहर लाकर मेरे पिता ने महाराज को मुक्त कर दिया"!

"यह तो आप के वंश का हमारे ऊपर भारी ऋण है।"

"नहीं, एक संकट से मेरे पिता को प्राणदान देकर महाराज उस उपकार से उऋण हो गए।"

"मैं तो समझता था कि वीर सिकंदर में पुरुषार्थ, निर्भयता, औदार्य आदि गुण होंगे।"

"ये सभी गुण तथा अन्य गुण भी उनमें थे, पर अभिमान, क्रूरता, क्रोध के वशीभूत हो वे गुण पार्श्व में चले गए थे। सिकंदर की यह धारणा कि कठोर और क्रूर हाथों में राज्य सुरक्षित रहता है कितनी भ्रांत सिद्ध हुई जब उसकी मृत्यु के बाद उसका विशाल राज्य छिन्न-भिन्न हो गया।"

"क्या उसका कोई उत्तराधिकारी नहीं था।"

"उत्तराधिकारी तब होता जब उपयुक्त समय पर विवाह कर लेता। यह

भूल आपके तात ने नहीं की, जिसका सुखद परिणाम यह है कि उनके प्रौढ़ होने से पूर्व ही इस विशाल भारतीय राज्य का सुयोग्य उत्तराधिकारी आपके रूप में लभ्य है।"

"क्षमा करें, इसका अर्थ यह हुआ कि मुझे, तत्काल विवाह कर लेना चाहिए ताकि उत्तराधिकार की परंपरा अक्षुण्ण बनी रहे।"

"यदि आप विवाह के इच्छुक हैं तो मैं इसका समर्थन करती हूं।"

"नहीं! नहीं!! मैं तो एक बात कह रहा था।" बिंदु संदर्भ से अनायास निकली बात से लज्जालु हो उठा।

"यदि मैं माता के रूप में इस बात पर बल दूं तो!"

"तो...तो, आपकी कठोर से कठोर आज्ञा मुझे शिरोधार्य होगी। परंतु..."

"परंतु का कोई औचित्य नहीं। विवाह की बात तुम स्वीकार कर चुके हो। मेरी बात स्वीकार कर आपने पूज्य गुरुवर और अपने तात की आज्ञा का भी पालन कर दिया है। हे मेरे देवताओं! सभी को ऐसा पुत्र देना। सिकंदर के संबंध में कोई और प्रश्न?"

"क्या सिकंदर में कोई गुण न था?"

"गुण थे। सर्वप्रथम यह समझ लो कि सिकंदर का अपना देश मकदूनिया एक अर्ध-सभ्य राज्य था। शिक्षा, नीति, सदाचार के लिए उसका देश यूनान पर आश्रित था। सिकंदर के क्रूर व्यवहार की यही पृष्ठभूमि थी। अरस्तू जैसे गुरु ने सद्गुणों के इतने बीजों का वपन तो उसमें कर ही दिया था कि वह विभिन्न देशवासियों में परस्पर मैत्री-भाव स्थापित कर सका, उनमें बंधुत्व भावना जाग्रत कर सका; पूर्व-पश्चिम की दीवार को भंग कर आपसी-व्यवहार सुस्थिर कर सका। यही नहीं, अपने गुरु के स्थापित विचारों के विपरीत जाकर दास-प्रथा पर प्रहार कर सिकंदर ने मानवता का मुख उज्ज्वल किया और अंतर्राष्ट्रीय विवाहों को प्रोत्साहन दे संकीर्ण सीमाओं को तोड़ा।" उसका आदर्श वाक्य था-'मैद्न अगन्' अर्थात ऐसा कुछ नहीं जो अधिक हो यानी जो पहुंच के बाहर हो।

"बस अंतिम प्रश्न-क्या राजा को हिंसा से बचना चाहिए?"

"यह एक गंभीर प्रश्न है जिसे आपके विवेकी मन ने उठाया है। राजधर्म का पालन करने में अनिवार्य युद्ध से मुख मोड़ना कायरता कही जाएगी। युद्धजनित अपरिहार्य हिंसा नहीं होती। निस्वार्थ विवेक से राजा युद्ध-परिहार्यता का निर्णय कर सकता है। मनुष्य को सबसे बड़ा शाप यदि कोई मिलता है तो वह स्वार्थ का ही शाप है। राजा या शासक को भुजाओं में शक्ति और अंतर में साहस सदा बनाए रखना चाहिए।!"

"हे प्रिय मित्रोन! आज से आपको मैं अपना गुरु स्वीकार करता हूं। समझिए, मैंने दीक्षा ले ली।"

"तो लाइए मेरी गुरु-दक्षिणा।"

"जो भी हो मैंने दी। वैसे आपका आग्रह क्या है?"

"तुम्हारे पुत्रो के पालन-पोषण का अधिकार।"

"यह उनका और हम दम्पती का सौभाग्य होगा। क्षमा करें..."

"निस्संकोच कहो।"

"क्या आप मातृत्व-लाभ नहीं प्राप्त करना चाहती?"

"मातृत्व लाभ तो विवाह होते ही तुम्हारे रूप में मुझे प्राप्त हो गया। अब यही कामना है कि मातामहीत्व लाभ प्राप्त करूं।"

"आप धन्य हैं माता, आप धन्य हैं।" यह कहकर बिंदु मेरे चरणों में अवलुंठित हो गया।

अपनी व्यस्तता में हमें यह ज्ञात ही न हो पाया कि पता नहीं कब से महाराज प्रकोष्ठ के द्वार पर खड़े माता-पुत्र के संवादों को, क्रिया-कलापों को देख रहे थे।

महाराज को असमय आया देख बिंदु संकोच से भर उठा। वह नहीं समझ पाया कि द्वार पर भारत-सम्राट नहीं, एक स्नेह-दुर्बल पिता उपस्थित थे।

महाराज प्रकोष्ठ में पधारे। मैंने उन्हें आसन दिया। पीठिकासीन होने के पश्चात वे हम दोनों की ओर उन्मुख हुए।

"देवि, सम्राट सेल्यूकस के भेजे हुए कुछ संदेशवाहक राजधानी पहुंचे हैं। उनके साथ भारी मात्रा में उपहार-साम्रगी आई है। कदाचित आपके लिए संदेश भी हो। बिंदु..."

"आज्ञा महाराज!"

"संदेशवाहकों के आने की सूचना मान्यवर मैगस्थनीज को भी मिलनी चाहिए। आप जाकर इसकी व्यवस्था करवाइए।"

"जो आज्ञा महाराज।" इतना कहकर बिंदु चला गया।

"महाराज, एक निवेदन है! मैं एक अत्यावश्यक पत्र इन्हीं संदेशवाहकों के हाथ अपने बाबा को भेजना चाहती हूं।"

"अभी तो वे चार-पांच दिन विश्राम करेंगे उसके बाद ही यात्रा के योग्य हो पाएंगे। पत्र भेजना इतना ही आवश्यक है तो अपने संदेशवाहक के माध्यम से तत्काल भेजा जा सकता है। आपने इतना संकोच क्यों किया?"

"संकोच कैसा? आवश्यकता तो आज ही उत्पन्न हुई है।"

"आज ही! यदि गोपन न हो तो मैं भी जानना चाहूंगा।"

"महाराज मैं राज-काज नहीं चलाती जो मुझे गोपनीयता रखने की विवशता हो। मेरा कुछ भी तो आपसे गोपन नहीं है। धाता, विधाता दोनों को मेरा नमस्कार-आज मैंने एक महत् कार्य संपादित किया है। कुछ पुरस्कार दें तो बताऊं।"

"पुरस्कार दिया। अब बताइए।"

"पहले यह तो ज्ञात कर लीजिए कि पुरस्कार में मैं क्या चाहती हूं। राजा को सदैव सतर्क रहना चाहिए।"

"पराजय स्वीकार करता हूं। बताइए पुरस्कार में क्या चाहिए?"

"आपके साथ वन-विहार।"

महाराज कुछ क्षण विचारमग्न रहे, तत्पश्चात बोले, "एवमस्तु। अब अपने संपादित कार्य के विषय में बताएं।"

"बिंदु ने विवाह के लिए स्वीकृति दे दी है।"

"सत्य ही। ओह! आपने कितनी बड़ी सफलता प्राप्त की है, इसकी आप कल्पना भी नहीं कर सकती, मुझे और गुरुदेव को यही भय सता रहा था कि स्त्रियों के प्रति उदासीन रहने वाला बिंदु विवाह के लिए 'हां' कहेगा अथवा नहीं।"

"क्षमा करें, आपका यह विचार नितांत भ्रामक है कि मेरा पुत्र स्त्रियों

के प्रति उदासीन रहता है। मुझे, सारा, चंद्रिका को कितना स्नेह करता है। अन्य स्त्रियों को वह काम-भाव से नहीं देखता तो यह उनके प्रति उपेक्षा नहीं है वरन् उसके चरित्र की दृढ़ता है। उसका अनुभूतिशील और सुकुमार हृदय उद्धत् वासना से नहीं, नैतिक दृढ़ता से आपूरित है। यह संस्कार उसे अपने परिवार से मिला है, मैं तो उसके संसर्ग में कुछ ही दिनों से आई हूं। दैहिक सुख, विलास और वैभव से वह असंपृक्त है।"

"बिंदु को आपने थोड़े समय में जितना समझ लिया, मैं बीस वर्षों में न जान सका। आशा जीवन की सबसे महान् शक्ति होती है। मेरी यह शक्ति आप ही हैं। आपके संरक्षण में बिंदु पूर्णतया सुरक्षित है। वह आप पर श्रद्धा करता है और मैं समझता हूं कि राजा के कंटकाकीर्ण जीवन में श्रद्धा हरियाली की तरह होती है। यह जानने की मेरी तीव्र उत्कंठा है कि बिंदु में आपके प्रति इतना पूज्य-भाव कैसे जाग्रत हुआ ?"

"मैं किसी पुत्र की जननी नहीं हूं, परंतु इंद्रधनुष के वर्णों को जानने के लिए स्वयं आकाश बनना आवश्यक नहीं है। मैं अपने बिंदु के मन और मानस को भली-भांति जानती हूं। मेरे विश्वास पर उसने अपनी आस्था की बेल चढ़ाई है।"

महाराज ने धीरे-से सिर हिलाया जैसे मूक प्रशंसा-भाव व्यक्त कर रहे हो। मैं अपने आसन से उठकर उनके निकट जाकर बैठ गई। अपनी निःशब्द प्रेमाभिव्यक्ति के लिए उन्होंने कोमलता से मेरे दोनों हाथ अपने हाथों में लिए और अनुराग भरी दृष्टि से मुझे उपकृत करने लगे।

दस

अंततः तात आचार्य के ग्रंथ 'अर्थशास्त्र' के लोकार्पण का दिन आ गया। राजप्रासाद के बाहर एक विराट पट-मण्डप निर्मित किया गया। राज परिवार के बैठने के लिए आसन इस प्रकार लगाए गए कि उनका पृष्ठ भाग प्रासाद की ओर हो। ऐसा सुरक्षा की दृष्टि से किया गया।

समारोह स्थल पुष्पहारों तथा पताकाओं से सुसज्जित था। पदानुकूल सब के आसन निर्दिष्ट थे। विशाल मंच पर महाराज और मेरे लिए अलंकृत नृपासनों की, तात आचार्य के लिए भद्रासन की, राजकुमार बिंदुसार के लिए राज्यासन की व्यवस्था थी। इस मंच के निकट एक छोटा मंच और स्थित था जिस पर समूहगान प्रस्तुत किया जाना था।

राज्य के अष्टादश तीर्थाध्यक्ष (विभागाध्यक्ष), सेनापति, नागरिक (नगर के मुख्य अधिकारी), स्थानीय (प्रांत के अधिकारी), गोप (अनेक ग्रामों के अधिकारी), ग्रामिणी (ग्राम के अधिकारी), विद्यार्थी, ग्रहस्त (पुरोहित और आचार्य), प्रमाणिक (स्वतंत्र विचारधारा के विद्वान), नगर समिति के सदस्य, विदेश-जन तथा पाटिलपुत्र नगर के विशिष्ट जन आमंत्रित किए गए थे।

महाराज के सिंहासन के सम्मुख से द्वार तक दर्शक दीर्घा के मध्य में एक रिक्त स्थान रखा गया था, जो एक पट्टिका की भांति दिखाई देता था। उस पर विविध वर्ण के पुष्प बिछाए गए थे जिनमें अरुणिम पुष्पों का आधिक्य था। इससे वह पूरी पट्टिका ऐसी प्रतीत होती थी जैसे वहां रक्त गर्ण का कोमल वस्त्र बिछा दिया गया हो।

तूर्यनाद के साथ महाराज ने पदार्पण किया। सभी उपस्थित जन उनके सम्मान में उठकर खड़े हो गए। सम्राट अपनी पारंपरिक वेशभूषा में बड़े आकर्षक लग रहे थे। सम्राट के अति निकट माने जाने वाले राजदूत मैगस्थनीज, उनके वाम पार्श्व और प्रधान आमात्य दक्षिण पार्श्व की ओर चल रहे थे। सम्राट के मंच पर आरूढ़ होते ही शंख ध्वनि से उनका स्वागत किया गया। मुझे भी महाराज के वाम पार्श्व में स्थान दिया गया।

तत्पश्चात चौबीस अलंकृत हाथियों ने सम्राट के समक्ष क्रम से आकर नमन किया। इस मध्य मृदंग, तुरही, नगाड़े आदि वाद्य अपनी सम्मिलित ध्वनि से संगीत की वर्षा करते रहे। सभी तीर्थाध्यक्षों ने सम्राट को मानसूचक नीलकमल के पुष्पहार भेंट किए, जिन्हें महाराज ने कर-स्पर्श से स्वीकार किया।

औपचारिकताएं समाप्त होने के बाद तात् आचार्य ने कार्यक्रम के संचालन का सूत्र संभालते हुए कहा कि इस समारोह में वे अपना सद्यरचित ग्रंथ सम्राट चंद्रगुप्त को समर्पित करना चाहते हैं। प्राचीन आचार्यों ने पृथ्वी को विजित करने और उसका पालन करने के उपाय निर्देशित करने के लिए जितने अर्थशास्त्र प्रणीत किए हैं उनका सार लेकर मैंने इस 'अर्थशास्त्र' की रचना की है। इसमें कहा गया है कि राजा को लोक-कल्याण की भावना से शासन करना चाहिए। वह स्वेच्छाचारी नहीं हो सकता। मंत्रि-परिषद और राज पुरोहित उसे निर्धारित कर्तव्य-पालन करने हेतु विवश कर सकते हैं। राज्य में अनुशासन-स्थापना के नियम, प्रजापीड़िकों से प्रजा की रक्षा के उपाय, राज-कर्मचारियों पर नियंत्रण की व्यवस्था, राज्य-सत्ता के विभिन्न अंगों का वर्णन, विजय-यात्रा तथा सेना व्यवस्था, शत्रु-नाश के उपायों का वर्णन इस ग्रंथ में किया गया है।

तत्पश्चात तात ने स्वर्ण पात्र में रखे और पीत कौशांबर से आवृत्त अपना ग्रंथ 'अर्थशास्त्र' सम्राट को समर्पित किया।

सम्राट ने ग्रंथ स्वीकार करते हुए अपने गुरुवर के प्रति आभार व्यक्त किया। उन्होंने कहा राजा के कर्तव्य ही प्रजा के अधिकार हैं। जन-जन को अपने अधिकारों का ज्ञान होना चाहिए। अतः इस ग्रंथ की अतिरिक्त

प्रतियां निर्मित कर पाटलिपुत्र तथा अन्य प्रादेशिक राजधानियों के ग्रंथागारों में उपलब्ध कराई जायं।

सम्राट की उद्घोषणा से सभा-स्थान करतल ध्वनि से भर उठा।

महाराज के पुनः आसन ग्रहण करने पर तात चाणक्य ने उपस्थित जनों को संबोधित करते हुए कहा, "हमारे देश में ग्रंथों के लोकार्पण की परंपरा नहीं है। इस कार्यक्रम की परिकल्पना परम विदुषी पट्टमहिषी हेलन के उर्वर मस्तिष्क की उपज है। उन्हीं के निर्देश पर एक यूनानी समूहगान हमारी भाषा में प्रस्तुत किया जाएगा।"

श्रोताओं की करतल ध्वनि से सभा-स्थल देर तक गूंजता रहा। करतल ध्वनि करने वालों की दृष्टि मेरी ओर स्थिर थी। मैं इतने आतुर, उत्साहपूर्ण, प्रशंसापूरित नेत्रों का सामना न कर सकी अतः नववधू की भांति मेरा सिर लज्जा से नत हो गया। हृदय में अद्भुत आलोड़न होने लगा। मैंने नेत्र कोर से महाराज को देखा, उन्होंने मेरी दृष्टि पकड़ ली और अपनी दृष्टि से मुझे अभिनंदित कर दिया।

समीपवर्ती मंच पर पांच कन्याएं प्रकट हुईं। पारंपरिक भारतीय श्रृंगार से युक्त वे सब पीत परिधान धारण किए थीं। सारा और चंद्रिका मध्य में थी, शेष उनके पार्श्व में आकर पंक्तिबद्ध हो गईं। उनके पृष्ठ भाग में उपस्थित कन्याओं के हाथ में संगीत-वाद्य थे। वाद्यों पर अभ्यस्त हाथों के संचालन से संगीत की सुमधुर ध्वनि वातावरण में व्याप्त हो गई। गीत प्रारंभ हुआ और स्वरों की मधुरिमा, लोकगीत का उल्लास सभा को सहज सात्विक सरसता से आप्लावित करने लगा। गीत का जन्म दूर-देश यूनान में अवश्य हुआ था पर भारत-भूमि पर स्वयं को सहोदर-सा प्रकट कर रहा था।

गीत के भाव कुछ इस प्रकार थे–"इस जगत में एक से एक महती शक्तियां विद्यमान हैं, पर उनमें से मानव-शक्ति के समान कोई नहीं है। विक्षुब्ध जलधि को लांघकर, झंझा या तूफान से लड़ता हुआ मानव अविजेय आगे बढ़ता है। उसने भाषा और वाणी का सृजन किया है। वह चिंतन करता है, अनुसंधान करता है और विधि-विधान का निर्माण करता है। पूजा के लिए देवस्थान बनाता है। शीत, गीष्म और वर्षा से त्राण पाने के उपाय

खोजता है। उसे रोगों से, व्याधियों से भय नहीं लगता। इतना प्रज्ञावान है कि भविष्य में झांक सकता है। न्याय और सत्य का अनुपालन करने वाला राजा सदा अविजित रहता है।"

गीत समाप्त होते ही सभा-मंडप करतल ध्वनि से गूंज उठा। महाराज के मुख पर आश्वस्ति के भाव थे। तात का तो मेरे प्रति जैसे वात्सल्य उमड़ा पड़ रहा था। बिंदु का दर्पयुक्त आनन रक्तवर्णी हो उठा था। सभा में उपस्थित जनों की आंखों में मेरे प्रति कृतज्ञता के भाव दृष्टिगोचर हो रहे थे। सारा और चंद्रिका अन्य कन्याओं के साथ मंच पर करबद्ध होकर अभिनंदन स्वीकार करने के पश्चात विदा ले चुकी थीं।

तात ने समारोह विसर्जन की घोषणा की। सभी लोग अपने-अपने स्थान पर खड़े हो गए। सम्राट और राष्ट्र की जय-उद्घोषणा के मध्य मैं महाराज के साथ सभा मध्य से उसी संकुल मध्य-मार्ग से राजप्रासाद की ओर अग्रसर हुई।

ग्यारह

मेरे पितृदेश के आए संदेशवाहकों के साथ फ्रेजिया नाम की एक कन्या भी आई थी। बाबा के प्रासाद में सारा के स्थान पर उसे रखा गया था ताकि अयाचित पुत्री विछोह-जन्य मां का दुःख वह बांट सके। मुझसे मिलने के लिए उसे प्रतीक्षा करनी पड़ी।

मेरे प्रकोष्ठ में वह सारा के साथ आई। सारा तो इतनी प्रसन्न थी जैसे उसे अपना ही कोई निकट संबंधी मिल गया हो। फ्रेजिया भी यूनान की थी। मेरे सम्मुख आकर उसने यूनानी शैली से मुझे अभिवादन किया।

मैंने पहले फ्रेजिया की फिर उसके परिवार तथा साथ आए संदेशवाहकों की कुशल-क्षेम ज्ञात की। इस अपनत्व से उसका संकोच समाप्त हो गया।

बाबा के विषय में पूछने पर उसने बताया कि “सम्राट तो योद्धा हैं, अतः आपके वियोग में अपने दुःखी मन को पक्का कर लिया है पर मां... उनका हाल अच्छा नहीं है। आपका नाम लेकर निशि-दिन अश्रुपात करती रहती हैं! सम्राट उन्हें समझाते रहते हैं कि पुत्री के सुख को अपना सुख माने, पर मातृत्व सुख का नहीं ममता का भूखा होता है। सदा अवसन्न, हताश और भग्न-हृदया-सी बनी रहती हैं!”

माता-पिता की पीड़ा से मैं दुःखी हो उठीं। दुःखी मां को संभालने वाली फ्रेजिया ने मुझे भी संभाल लिया। उसने बताया कि मां और बाबा ने मेरे और महाराज के लिए जरदोजी के वस्त्र, सूखे अंजीर और कांच के पात्र भेजे हैं। मुझे प्रसंन्नता हुई कि दूर देश में बैठे माता-पिता ने अपनी पुत्री को

विस्मृत नहीं किया है। उनके उपहारों में उनका प्रेम, उनका स्नेह झलकता है।

बाबा को देने के लिए मैंने फ्रेजिया को एक पत्र दिया। पत्र मैंने तभी लिख लिया था जब महाराज ने संदेशवाहकों के आने की सूचना दी थी। पत्र देकर मुझे संतोष नहीं हुआ। फ्रेजिया से कहा, "कुछ समय बाद राजकुमार बिंदुसार का विवाह संपन्न होगा। बाबा से कह देना कि इस अवसर के अनुकूल जरी के वस्त्र, सुगंध के लिए लोवान, सूखे अंजीर, मीठी मदिरा और इसके अतिरिक्त जो भी उचित समझे, भेजने की व्यवस्था करें। बाबा को निमंत्रण जाएगा। मां आ सकें तो मैं स्वयं को धन्य मानूंगी। हां, फ्रेजिया तुम मां को आश्वस्त कर देना कि उनकी पुत्री संसार की परम सुखी स्त्री है।"

फ्रेजिया मेरे चारों ओर बिखरा वैभव देखकर चकित हो रही थी। सारा ने उसे पूरा राजप्रासाद दिखाया था। दूर से महाराज के दर्शन भी करा दिए थे। विदा के समय मैंने फ्रेजिया को बहुमूल्य उपहार दिए। वह कृतार्थ हो गई।

मैं फ्रेजिया को विदा करती इसके पूर्व ही चंद्रिका आ गई। मैंने फ्रेजिया से उसका परिचय सम्राट की प्रिय भगिनी तथा अपनी सखी के रूप में कराया। फ्रेजिया ने चंद्रिका का विनम्र अभिवादन किया। चंद्रिका ने प्रेम से उसका हाथ पकड़कर अपनी विशाल हृदयता का परिचय दिया। इस सम्मान से अभिभूत फ्रेजिया ने कहा, "सैंड्राकोटस बासिलियस बासिलियन।"

चंद्रिका को आश्चर्यचकित छोड़कर फ्रेजिया पुनः अभिवादन कर सारा के साथ चली गई।

चंद्रिका मेरे पीछे पड़ गई, "बताइए फ्रेजिया ने यूनानी भाषा में क्या कहा था?"

"सैड्राकोटस बासिलियस बासिलियन।"

"यह तो मैंने भी सुना, पर इसका अर्थ क्या है महारानी जी?" चंद्रिका ने सभी अंगो से जिज्ञासा भाव प्रकट करते हुए पूछा।

"इसका अर्थ है–चंद्रगुप्त राजाओं के महान् राजा हैं।"

"धन्य हो, धन्य हो!"

"इस धन्यता का अर्थ?"

"अर्थ यह कि आपके मुख से सम्राट की प्रशंसा तो निकली, भले ही शब्द किसी अन्य के हों।"

"ठहर दुष्टे!" मैं कृत्रिम-क्रोध से चंद्रेका की ओर लपकी।

मेरे काल्पनिक आघात से बचने का नाटक करते हुए उसने अपने दोनों हाथ मुख के आगे कर लिए और क्षीण कटि से ऊपर का उत्तुंग प्रदेश पीछे झुका लिया। उसकी यह मनोहारी मुद्रा देखकर मैं अपने स्थान पर जड़ हो गई।

स्वाभाविक मुद्रा में आते हुए उसने कहा, "महारानी जी, यदि आप मुझ पर आघात करेंगी तो मैं आपको शुभ संवाद दिए बिना ही यहां से पलायन कर जाऊंगी।"

"कौन सा शुभ संवाद?" मेरी जिज्ञासा उमड़ी।

"वही मैं जो लेकर यहां आई हूं।"

मेरा मौन ही चंद्रिका को परास्त करता है, अतः मैंने मौन धारण कर लिया।

चंद्रिका मेरे निकट आकर बोली, "गत सात दिनों से उपक्रम हो रहा है।"

"..."

"आज पूर्ण हो गया।"

"..."

"मौन धारण कर मुझे जितनी पीड़ा दे सकती हो, दीजिए, पर मैं बिना बताए नहीं रह सकती, महारानी जी।"

"..."

"धन्य हो यूनानी बाला। कल आप वन-विहार को जा रही हैं।"

अब मौन रहने का नाटक करने को मेरा धैर्य समाप्त हो चुका था। उत्सुकता से पूछा, "क्या कह रही हो?"

"जी हां, बिल्कुल सत्य।"

यह बहु-प्रतीक्षित सूचना देने के लिए पुरस्कार-स्वरूप मैंने चंद्रिका को आलिंगन में भर लिया।

आलिंगन में बंधे-हुए उस दुष्टा ने कहा, "चलो अच्छा हुआ, यह संवाद आपको द्वारपाल ने नहीं दिया। सम्राट को कितना बुरा लगता।"

यह सुनते ही मैंने उसे हल्का-सा धक्का दिया और आलिंगन मुक्त हो गई। कभी-कभी चंद्रिका का परिहास वीभत्स हो जाता है।

अपनी शंका प्रकट करते हुए मैंने कहा, "यह समाचार मुझे महाराज ने क्यों नहीं दिया?"

"पाटलिपुत्र में रात्रि से समय मृगया की चर्चा करना वर्जित है। हां, अपने भवन में कोई किसी का आखेट हो जाए या कर दे, इसका निषेध नहीं है।"

तभी महाराज के आने का संदेश मिला। चंद्रिका पलायन कर गई।

बारह

आज ऐसा प्रतीत हो रहा था कि सूर्योदय में विलंब हो रहा है। वन-विहार हेतु सारी व्यवस्थाएं पूर्ण हो चुकी थी। मैं तैयार थी। महाराज ने सारा और चंद्रिका को भी साथ चलने की अनुमति दे दी थी। इसका तात्पर्य यही था कि हमारे और महाराज के वाहन भिन्न-भिन्न होंगे। बाद में चंद्रिका ने बताया कि यह नियम राजा की सुरक्षा के लिए बनाया गया है। गज या रथ पर आरूढ़ राजा सदैव सशस्त्र यवन स्त्रियों से घिरा रहता है।

राजप्रसाद में तूर्यनाद होने लगा। इसका अर्थ है महाराज ने 'मंगलद्वार' की ओर प्रस्थान कर दिया है। परिचारिकाओं ने आकर निवेदन किया कि प्रस्थान का समय हो चुका है। चंद्रिका और सारा तत्काल मुझे लेकर मुख्य द्वारा की ओर चल दीं। मैं और महाराज लगभग एक ही समय पर 'मंगलद्वार' पर पहुंचे। पुरोहितों ने स्वस्तिवाचन किया और यात्रा मंगलमय होने की कामना की। वातावरण में शंखध्वनि व्याप्त हो गई।

मुझें यूनानी धर्म के अनुसार पूजा, आराधना तथा धार्मिक कर्मकांड निष्पन्न करने की स्वतंत्रता मिली हुई थी। प्रतिदिन भोजन के पश्चात वृक्ष पर जल चढ़ाने की यूनानी-रीति तात को प्रभावित कर गई थी। इसे चंद्रिका सहित प्रासाद में कई लोंगों ने अपना लिया था।

मेरे संकेत पर एक पात्र में मुझे जल दिया गया। मैंने वन देवता सटीरोस

को अर्घ्य दिया। महाराज मुग्ध-भाव से देखते रहे। तत्पश्चात हम प्रासाद से बाहर आए। वहां भारी संख्या में परिचर, सैनिक, यवन स्त्रियां उपस्थित थीं। दो सुसज्जित राजकीय गज सामने लाए गए। गजों के ऊपर चित्रकारी की गई थी, उन पर सुंदर कामदार झूलें पड़ी थीं। उनकी पीठ पर स्वर्ण अम्मारियां रखी थीं। एक गज को बिठाया गया। एक छोटे-से सोपान का प्रश्रय लेकर चंद्रिका और सारा के साथ मैं अम्मारी में बैठ गई।

महाराज जिस गज पर आरूढ़ हुए उसकी ग्रीवा में स्वर्ण-घंटिका लटक रही थी। उनके साथ कई सशस्त्र यवन कन्याएं सन्नद्ध बैठी थीं। मुझे उनके भाग्य पर ईर्ष्या हुई।

राजप्रासाद-परिसर पार कर हम लोग राजपथ पर आ गए। राजपथ के दोनों ओर रज्जु-बंधन था और राजा के स्वागत को आए नगरवासी रज्जु के पीछे खड़े होकर अपने सम्राट का जय-घोष तथा शंख-ध्वनि कर रहे थे। चंद्रिका ने बताया कि यदि असावधानी से भी कोई नगरवासी रज्जु का उल्लघंन कर राजपथ पर आ जाए तो उसके लिए मृत्युदंड निश्चित है। हमारे साथ समारोहपूर्वक चलने वाले और सबसे आगे चल रहे वादक-वृंद राजकीय गुप्तचर हैं। विभिन्न देश में सहस्त्रों गुप्तचर वन में भी फैले होंगे। कुछ गुप्तचर तो तपस्वियों का रूप धारण कर सदैव वन में ही स्थाई रूप से रहते हैं।

विशद गुप्तचरी नियोजन और कठोर सुरक्षा व्यवस्था मेरे मन में खटक रही थी। मैंने चंद्रेका से पूछा, "क्या अपने राज्य में नृप स्वतंत्र होकर विचरण नहीं कर सकता, जनता से मिलकर उनके सुख-दुख नहीं जान सकता?"

"नहीं, महारानी जी। सम्राट ऐसा नहीं कर सकते क्योंकि उनके प्राणों का संकट सदैव बना रहता है। कई षड्यंत्र गुरुदेव ने विफल किए हैं। इसी कारण महाराज की सुरक्षा की बेदी पर नागरिक स्वतंत्रा की बलि चढ़ा दी गई है। गुप्तचरों का संजाल बिछा है। उन्हें लोंगों के व्यक्तिगत जीवन तक में झांकने का अधिकार दिया गया है, पर आप इन नागरिकों के मुखों की ओर देखें। क्या वे किसी प्रकार आपकों दुःखी दिखाई दे रहे हैं?"

"यहां उपस्थित आबाल-वृद्ध सभी प्रसन्न दिखाई दे रहे हैं। असल होता है कि ये लोग धन-धान्य से पूर्ण हैं और इन्हें अपने शासक से कोई असंतोष नहीं है।"

"वह सामने देखिए, महारानी जी, वन की सीमा प्रारंभ होने वाली है।"

"वहां भारी समागमन है। कौन हैं वे लोग?"

"वहां आटविक और उसके सहचर हैं।"

"आटविक?"

"वन-विभाग का अध्यक्ष आटविक कहलाता है। आखेट, भोजन, मनोरंजन, विश्राम और सुरक्षा का भार उसी पर रहता है। कहीं भी चूक होने पर गुरुवर के कोप का भागी बनना होता है।"

वन-सीमा पर पहुंचते ही आटविक के संकेत पर दोनों गज रोक दिए गए। उसने हमारा स्वागत किया और सौहार्द्र के रूप में पुष्प-गुच्छ भेंट में दिए। उसके साथ आए लोगों ने प्रभूत पुष्प-वर्षा की।

वन के भीतर काफी दूर तक प्रवेश करने के बाद महाराज का गज रोककर बिठाया गया। गज से विलग हो महाराज हमारे निकट आए। हमारा गज भी बैठ चुका था। उनके संकेत से मैं अकेली गज से उतरकर उनके निकट पहुंची। मेरा मन भीत आशंकाओं से भर उठा।

"मेरे साथ पदाति चल पाएंगी, देवि?" मंद स्वर में महाराज ने पूछा।

मैं कहना चाहती थी कि आपके साथ तो अग्निपथ को भी पादाक्रांत कर सकती हूं, पर अन्य लोगों की उपस्थिति में लज्जावश कह न पाई। मात्र यही कह पाई, "जैसी आज्ञा, देव।"

हम अग्रसर हुए। अंगरक्षक हमारे चारों ओर घेरा डालकर चलने लगे। महाराज ने संकेत से उन्हें कुछ दूर हटने के लिए कहा ताकि हमारी वार्ता उनके कानों तक न पहुंचे।

"प्राकृतिक निधियां और आध्यात्मिक उपलब्धियां दोनों के दर्शन यहां लभ्य हैं।" महाराज ने बिना किसी भूमिका के कहा।

"आध्यात्मिक उपलब्धियां?"

"हां, यहां तपस्वीगण तप-निरंत हैं। हम दोनों उनका आशीर्वाद प्राप्त करेंगे।"

"महाराज आप नागरिकों से, अधीनस्थ राजाओं से कर लेते हैं, पर मन और इंद्रियों की एकाग्रता में संलग्न इन तपस्विनों को भी कर देने के लिए बाध्य करते हैं।" मैं जानती थी, मेरा कथन प्रश्न उठाएगा।

कुछ क्षण सोचने के बाद महाराज ने पूछा, "आपका तात्पर्य?"

"महाराज जब तपस्वी हमें आशीर्वाद देंगे तो उनकी तपोशक्ति का एक अंश स्वतः ही हमें मिल जाएगा। उनका तप क्षीण होगा और हमारे क्षेम में वृद्धि होगी।" अपने तर्क का प्रभाव जांचने के लिए मैंने महाराज के मुख की ओर देखा।

उनके आनन पर एक स्मित-रेखा उभरी और शीघ्रता से चली गई। मेरी ओर दृष्टि-भर देखते हुए बोले, "धन्य हो देवि! तुम्हारे तर्कों के समक्ष मैं असहाय-सा हो जाता हूं।"

तभी महाराज ने अपनी भुजा उठाकर आगे की ओर संकेत किया, जहां आश्रम बने हुए थे। आश्रम के समक्ष और वृक्षों के नीचे तपस्वी साधना-रत बैठे थे। वहां मुझे अशोक वृक्षों की पंक्तियां दिखाई दी।

"देवि! उन वृक्षों और उनके पुष्पों के संबंध में मुझे ज्ञान-लाभ देंगी?"

"महाराज, कदाचित आप मेरा उपहास कर रहे है। मैंने सर्वज्ञ होने का भ्रम तो कभी नहीं पाला।"

"आप अन्यथा न लें। इन वृक्षों और उनके पुष्पों के विषय में मेरा ज्ञान वास्तव में शून्य है। आपको रुचिकर न हो तो यह प्रसंग समाप्त समझें।"

"प्रसंग समाप्त नहीं होगा महाराज। आपका प्रकृति-प्रेम मैं कुंठित नहीं होने दूंगी। अवलोकन करें उस ओर जहां अशोक वृक्ष-पंक्ति एक साथ विकसित हो गई प्रतीत होती है। इनके सान्निध्य में निवास करने वालों के लिए शोक कहां? इनके चटक कुसुम्भी वर्ण के पुष्प कदाचित ही कहीं अन्यत्र उपलब्ध हों। प्रगाढ़ दांपत्य प्रेम का प्रतीक कुसुम्भी दाम्पत्य का वर्ण है–पवित्र पीत और अनुराग-लालिमा का मिश्रण। अशोक वृक्षों से आवृत्त अरण्य का यह भाग संद्य विवाहित वधुओं के सम्मेलन जैसा लग रहा है।"

महाराज मेरी बातों से अभिभूत हो कहीं ऐसे खो गए कि ज्ञात ही नहीं हुआ कि हम तपस्विनों के आश्रम के अति निकट कैसे पहुंच गए।

हम दोनों ने तपस्विनों के चरणों में शीश नवाए। उनका आशीर्वाद प्राप्त किया। मुझे बाबा का कथन स्मरण हो आया। उन्होंने बताया था कि सिकंदर ने भी भारतीय तपस्विनों से आशीर्वाद प्राप्त किया था। कई तपस्विनों ने हमें फल उपहार में दिए।

तापस-आश्रम से विदा होकर आगे हम दोनों एक गज पर आरूढ़ हो गए। यद्यपि यह नियमों के विपरीत था, परंतु राजा की इच्छा तो सर्वोपरि होती है।

हमारे चारों ओर सुरक्षा-सैनिक घेरा बनाए चल रहे थे। वे इतनी दूरी बनाए हुए थे कि न तो हम उन्हें भली-भांति देख पा रहे थे और न वे ही हमारा वार्तालाप सुन पा रहे थे।

वन-विहार तो एक बहाना था। मुझे तो प्रकृति की गोद में पति-सान्निध्य चाहिए था। वह सुलभ हो गया।

वन में पिप्पल, आम्र, पाटल, शाल, सप्तपर्ण, मधूक के ऊंचे और घने पत्तों वाले वृक्षों का परिचय, जो बसंत ऋतु के आभूषण पहन प्राप्त-यौवन सुंदरी की देह-यष्टि के समान लहरा रहे थे, महाराज ने स्वयं दिया जो कुछ समय पूर्व तक वनस्पितयों से अपनी अनभिज्ञता का नाटक कर रहे थे।

"ये वृक्ष हमारे जीवन का अभिन्न अंग हैं, "महाराज की वाणी मुखर हो उठी। "वह देखिए औदुम्बर का वृक्ष है, पूरा यज्ञिय है। इसके फल समिधा में प्रयुक्त होते हैं। इसी के काष्ठ से निर्मित भद्रासन पर बैठाकर मेरा राज्याभिषेक हुआ था। अभी इसके फलने की ऋतु नहीं है। इसके छोटे-छोटे फल पकने पर टप-टप ध्वनि के साथ नीचे गिरते हैं।

"उधर देखिए, कुरबक के ताजे पुष्प सुंदरियों की वेणी में गूंथे जाने को आतुर हैं और वह है कदंब। पूर्वकाल में भगवान श्रीकृष्ण के सान्निध्य में रहकर कदाचित पूरा वृक्ष ही सौंदर्य की जीवंत मूर्ति बन गया है। वर्षा ऋतु आकर इनमें पीतवर्णी पुष्प खिलाती है।"

एक वृक्ष के नीचे जाकर महाराज खड़े हो गए। "देवि, क्या आप कल्पना कर सकती हैं कि मदार जाति के ये वृक्ष विवाहित होते हैं और वह भी पुरुषों के साथ।"

"वृक्ष का विवाह और वह भी पुरुष के साथ!" मैंने साश्चर्य कहा।

"हां। तीसरा विवाह करने वाले पुरुष पहले मदार से विवाह करते हैं, जो 'अक्र' विवाह कहलाता है, ताकि उनकी तीसरी पत्नी चौथी पत्नी कहलाए। तीन की संख्या अशुभ जो मानी जाती है।"

तभी एक मैना चीत्कार कर उठी। मैंने घबरा कर महाराज की भुजा थाम ली।

आश्वस्ति भरा हाथ मेरे हाथ पर रखते हुए महाराज ने कहा, "आपको लगता है कि किसी कारण से यह मैना व्यक्ति होकर चीत्कार कर रही है, पर नहीं, यह चीत्कार इसकी प्रसन्नता का प्रदर्शन है। यहीं कहीं आस-पास इसने भुजंग देख लिया होगा। एकांत मिलते ही यह उसे नोच-नोचकर खा जाएगी।"

मधुरकंठी मैना की निष्ठुरता पर मैं सिहर उठी।

मेरी मनोदशा उत्फुल्ल करने के लिए आकाश की ओर इंगित करते हुए महाराज ने कहा, "देखो, वह कारण्डव पक्षी कितनी तीव्र गति से पंख फड़फड़ा रहा है। इसका तात्पर्य यह है कि सरिता निकट ही बह रही होगी, जिसके पानी की सतह पर इसने झपट्टा मारा है और उड़ान भरकर पंख सुखा रहा है। इस सरिता के किनारे इनका संगीत-सम्मेलन जमा होगा। कितने ही कारण्डव मधुर गीत गाते मिल जाएंगे। नदी-तट पर ही हमारे शिविर होंगे, जहां आप लावण्यमयी साक्षात् प्रकृति के दर्शन कर पाएंगी।"

दूर क्षितिज से आई हुई स्पर्श-सुखमयी बासंती वायु तृणों पर प्रेम पत्र लिखकर पुष्पों को अपनी बांहों में भरकर मौखिक प्रेम-संदेश दे रही थी। एक कुंज पर उड़ते हुए नन्हें-नन्हें पक्षी मंगल सहगान-सा गाते प्रतीत हो रहे थे मानों कुंज-परिवार में नए पादप ने जन्म लिया हो। कुंज तृण कितने सजीव लग रहे थे जैसे अभी बोल पड़ेंगे। वायु के अनवरत स्पर्श से पृथ्वी का सर्वांग पुलकित हो गया था।

कोकिल की कूक सुनकर मेरे नेत्र आसपास के वृक्षों पर भटककर उसे चारों ओर खोजने लगे।

इस स्थिति से मुझे त्राण दिलाते हुए महाराज ने कहा, "देवि! कोकिल की स्वरलहरी सुनकर भावाभिभूत मत हो जाना। ये कोकिल मादा कौओं के घोंसलों में पले होते हैं।"

"यदि ऐसा है तो कोकिलों की उपस्थित से कौओं के घोसलें पावन हो जाते होंगे।"

मेरे इस कथन से महाराज इतने अभीभूत हो गए कि उन्होंने अपने नेत्र

मेरे सर्वांग पर टिका दिए। प्रतीत हो रहा था जैसे उनकी निष्काम, निर्मल और निश्छल प्रेम-भावना नेत्रों से प्रकट होना चाहती हो।

उनका ध्यान विकर्षित करने के लिए मैंने छोटे-छोटे पत्थरों के समूह की ओर इंगित किया जिनके बीच से एक पादप निकल रहा था।

महाराज ने अपनी दृष्टि उधर फेरी। कुछ पल विचारमग्न रहने के बाद बोले, "पाषाण को उद्भिन्न कर अंकुरित हो आकाश में सिर उठाने वाला वृक्ष एक महान् आश्चर्य होता है। देखिए, अभी-अभी पवन ने इस पादप के महाकृत्य की प्रशंसा में उसे थपथपाया है। पादप गर्व से झूम रहा है।"

"साधु! महाराज, साधु!! आपमें अप्रितम काव्य-शक्ति है। राजदंड बिंदुसार को सौंपकर एकांत में संसार के सौंदर्य और करुणा का काव्यमय चिंतन कीजिए।"

"काव्य-साधना की तो नहीं कह सकता, पर एक दिन एकांतवास अवश्य करूंगा।" महाराज के इस कथन को मैंने उस समय परिहास समझा।

उद्दंड बालक की भांति सूर्य जब ऊपर चढ़ आया, हम शिविर में थे। शिविर क्या था जैसे राजप्रासाद का एक प्रकोष्ठ ही वहां लाकर स्थापित कर दिया गया हो। अल्प विश्राम के बाद हम भोजन को प्रस्तुत हुए।

भोजन में सबसे पहले मालढ़ोक पक्षी के सुस्वादु मांस का सूप दिया गया। मोर, हिरण के शूल्य एवं भुने मांस तथा लटवाक पक्षी का मधुर मांस

तो था ही मधु, दही, नवनीत, छेना, शराब और रोटी भी थी। अंगूर, अंजीर और किशमिश भी भोजन में सम्मिलित थे। सबसे अंत में मधुपर्क प्रस्तुत किया गया। महाराज ने एक घूंट लिया और उसका स्वाद लेने के बाद प्रश्नवाचक दृष्टि से मेरी ओर देखने लगे।

उनका आशय समझकर मैंने बताया, "यह यूनानी मधुपर्क है। मैंने इसकी व्यवस्था राजधानी में ही कर दी थी। यह नवनीत, मधु, जौ के आटे और अंगूरी मदिरा को मिलाकर बनाया गया है।"

"बहुत स्वादिष्ट है। क्या एक चषक और मिलेगा?"

"क्षमा करें महाराज, हमें अभी नगर भी वापस चलना है।"

महाराज मेरा संकेत समझ गए। उन्होंने रिक्त चषक एक ओर रख दिया और पर्यक पर जा विराजे।

दैनिक नियम के अनुसार मैंने भोजनोपरांत यूनानी वन देवता सटीरोस को जल अर्पित किया। महाराज मेरी श्रद्धा से परिचित थे, अतः उन्होंने कोई प्रश्न नहीं किया।

वन विभागाध्यक्ष, आटविक को आदेश दिया गया कि सभी सहचरों तथा सैनिकों के भोजन की व्यवस्था तत्काल कराई जाए क्योंकि कुछ समय बाद नगर की ओर प्रस्थान करना था।

आटविक ने आखेट का पूर्ण प्रबंध कर रखा था। जीव-हिंसा के प्रति मेरी अरुचि को देखते हुए महाराज ने आखेट के लिए मना कर दिया। मेरे प्रकृति-प्रेम के कारण आटविक को वन संरक्षण की विस्तृत योजना प्रस्तुत करने के लिए कहा गया। महाराज के दृष्टिकोण ने मुझे कृतार्थ कर दिया। वन-विहार का मेरा उद्देश्य सफल हो गया।

अल्प विश्राम के पश्चात हमें शिविर के पार्श्व भाग में ले जाया गया। वहीं रखे सुसज्जित आसनों पर हम लोग बैठे। सामने की भूमि साफ कर दी गई थी। वहां राग और षाडव गाने वाले कलाकर उपस्थित थे। संगीत का वातावरण उस वन-प्रांतर में मुखरित हो उठा। उसके पश्चात जादूगरों और नटों ने अपनी-अपनी कला का प्रदर्शन कर हमारा मनोरंजन किया। सबसे अंत में मल्लों ने नाना भाव से व्यायाम-कौशल का संयत प्रदर्शन किया। एक

ही साथ कई मल्ल नाना शस्त्रों से सुसज्जित होकर विकट भंगिमाओं से अंग-त्रोटन, नाटन, उन्मोटन, विकुंचन और संतोलन की क्रिया दिखा रहे थे। उनके अविरल तालोट्टकन से रह-रहकर वन-प्रांतर कांप-सा उठता था। कार्यक्रम की समाप्ति के पश्चात महाराज ने सभी कलाकारों, सूपकारों आदि को मुक्त हस्त से पुरस्कार दिए। प्रसन्नता मनुष्य को अति उदार बना देती है।

तेरह

दिन का अवसान होते-होते हम राजधानी पहुंच गए। महाराज मुझे प्रकोष्ठ तक पहुंचाकर गुरुदेव के दर्शन हेतु चले गए।

जैसे ही मैंने प्रकोष्ठ में प्रवेश किया सारा और चंद्रिका आ गईं। वे मेरे साथ गई अवश्य थीं, पर बीच में ही चंद्रिका की अस्वस्थता के कारण दोनों वापस आ गई थीं। उस समय मैं महाराज के साथ गजारूढ़ थी। उनके वापस जाने की सूचना हमें आटविक से प्राप्त हो चुकी थी।

चंद्रिका अब स्वस्थ थी। सारा ने मुझे परिधान दिए। नए वस्त्र धारण कर मैं विश्राम हेतु पर्यंक पर जा पहुंची और दोनों सखियां निकट ही आसन पर बैठ गई। मैंने संक्षेप में उन्हें सारा विवरण कह सुनाया।

महाराज के आने का समय जानकर वे दोनों चली गईं पर महाराज ने रात्रि के दो प्रहर व्यतीत हो जाने के पश्चात मेरे प्रकोष्ठ में पदार्पण किया। राजकुल की महिलाओं के लिए प्रतीक्षा करना उनकी नियति होती है। थोड़ा विश्राम कर मैं अब तक विगत क्लांति हो चुकी थी।

महाराज को मैंने आसन दिया और उनके निकट मैं भी बैठ गई। उनका मुख यद्यपि प्रसन्न था, पर मस्तक पर चिंता-रेखाएं आंदोलित थी। नारी स्त्रियोचित अंतर्दृष्टि से अनकही बात समझ लेती है। मैं जान गई कि महाराजा ऊहा-पोह में हैं पर मैंने अपनी जिज्ञासा को दबाए रखा। "देवि ! एक शुभ समाचार आपको देना है।"

"फिर संकोच कैसा ? कृपया अविलंब बताएं, क्या समाचार है ?"

"शीघ्र ही बिंदु के विवाह की तिथि निश्चित हो जाएगी।"

"महाराज, यह तो मेरे लिए–हम सबके लिए–आनंद का विषय है। परंतु अप्रत्याशित ही यह विषय कैसे उठा?"

"चंपानगरी से वधू-पक्ष के लोग आए हैं।"

"चंपानगरी! यह तो अंग देश की एक नगरी है..."

महाराज ने शीघ्रता से कहा, "आपका कथन सही है। हमारी भावी वधू चंपानगरी के एक प्रतिष्ठित ब्राह्मण की बेटी है।"

यह सुनकर मैं आश्चर्य-स्तब्ध रह गई। जाति-कुल, संपन्न-विपन्न का विचार मैं नहीं करती थी परंतु हमारी भावी वधू राजकुल की नहीं है यह तथ्य मुझसे और बिंदु से गोपन रखा गया, यह सोचकर मेरा मन आहत हो उठा।

मेरे सायास-मौन से महाराज मेरी व्यथा समझ गए।

"आपका आहत होना उचित है पर मैं असहाय था। गुरुदेव ने मुझसे वचन लिया था कि बिंदु के विवाह की बात करते समय वधू के परिवार के संबंध में मैं किसी से चर्चा न करूं। मैं वचनबद्ध था, अतः क्षमा चाहता हूं..."

मैंने महाराज का निषेध किया। "ऐसा मत कहिए, देव। गुरुदेव ने किसी कारण से ही गोपनीयता रखने का निर्णय लिया होगा। क्या इस विवाह-संबंध का कोई राजनीतिक प्रयोजन है?"

"नहीं। पूरी बात आपको बताता हूं। हमारे राज-ज्योतिषी का श्वसुर-गृह चंपानगरी में है। कुछ समय पूर्व जब वे चंपानगरी गए तो वहां के शिरोमणि कात्यायन नामक एक ब्राह्मण ने उन्हें अपनी पुत्री सुभद्रांगी की जन्मपत्रिका बांचने को दी। जन्मपत्रिका देखकर राज-ज्योतिषी आश्चर्य में पड़ गए। सुभद्रांगी के ग्रह-नक्षत्रों के अनुसार उसके चक्रवर्ती सम्राट की माता होने का स्पष्ट योग था। राज-ज्योतिषी ने सोचा कि सुभद्रांगी का विवाह मौर्य वंश के अतिरिक्त यदि किसी अन्य वंश में होता है तो भी उसका पुत्र चक्रवर्ती सम्राट बनेगा ही। इसका अर्थ है वह मौर्य-वंश को समूल नष्ट करके ही सम्राट बन सकता है।

"राज-ज्योतिषी ने शिरोमणि कात्यायन को विश्वास में लेकर सुभद्रांगी से भेंट की। उन्होंने सर्वांग सुंदरी सुभद्रांगी को स्वभावतः सहनशील और प्रज्ञावान पाया। राज-ज्योतिषी को कन्या बिंदुसार के उपयुक्त लगी। सुभद्रांगी के पिता कन्या का विवाह राजवंश में करने को सहर्ष प्रस्तुत हो गए।

"गुरुदेव शीघ्र विवाह करना चाहते हैं। एक दो दिन में विवाह की तिथि निश्चित हो जाएगी।"

"शुभ संवाद है। मैं बहुत प्रसन्न हूं। महाराज! मुझे प्रतीत होता है कि सुभद्रांगी अपने परिवार सहित हमारे नगर में उपस्थित है।"

"गुरुदेव ने ऐसा कोई संकेत नहीं दिया है। सत्य कहूं तो इस दिशा में मैंने विचार ही नहीं किया।"

"यदि बिंदु इस विवाह के लिए स्वीकृति न दे, तो?"

"मैं आश्वस्त हूं कि आपके रहते हुए यह स्थिति नहीं आएगी क्योंकि विवाह के लिए वह आपको वचन दे चुका है। उसने स्पष्ट रूप से किसी, अन्य कन्या में रुचि भी प्रदर्शित नहीं की है। सर्वोपरि, मौर्य वंश की श्री और सिद्धि के लिए आप भी इस विवाह का समर्थन ही करेंगी।"

"परंपराओं की पवित्र रेखा के परे जाकर भी मैं मौर्य वंश का हित ही चाहूंगी। महाराज..."

"देवी, अपने मन की बात निस्संकोच होकर कहें।"

"गुरुदेव के प्रति मेरी अश्रद्धा न समझें तो एक बात पूछूं।"

"अवश्य, देवी।"

"आप छोटी-छोटी बातों तक के लिए गुरुदेव के मुखापेक्षी हैं। अपने स्वतंत्र निर्णय क्यों नहीं लेते? विवाह तो विशुद्ध रूप से पारिवारिक प्रसंग है, इसमें आपका अपना चिंतन होना चाहिए।"

"आपके विचार मुझे सर्वथा मान्य हैं। गुरुदेव के प्रति मेरी जो घनीभूत श्रद्धा है उसके पार मैं नहीं जा सकता। उन्हीं के समर्थ संरक्षण में मैं अपने उत्कर्ष की ओर गतिशील हो पाया हूं। वे इस राज्य के ही प्रधान मंत्री नहीं, मेरे परिवार के भी प्रधान हैं। आपके तो पिता-तुल्य हैं।"

"मेरा संकेत आपकी स्वतंत्र अस्मिता की ओर था। इस प्रसंग पर

एकांत विचार कीजिएगा। सर्वप्रथम अपने सूत्रों से यह ज्ञात कीजिए कि वधू -परिवार हमारे नगर में कहां आश्रय लिए हुए हैं। मेरा अनुमान है कि वे राज-ज्योतिषी के अतिथि होंगे।"

"आपकी योजना क्या है?"

"मैं बिंदु का सुभद्रांगी से परिचय कराना चाहती हूं। बिंदु की मनःभूमि पर प्रणय के बीज अभी तक नहीं पड़े है। संभव है कि प्रथम दर्शन में ही ऐसा हो जाय। मैं भी अपनी भावी पुत्र-वधू को परख लूंगी। आप आशीष दें कि सब शुभ हो।"

महाराज ने मधुर स्मित से मेरी योजना का अनुमोदन किया।

दूसरे दिन महाराज ने स्वयं आकर सुभद्रांगी की राज-ज्योतिषी के यहां उपस्थिति की पुष्टि की। मेरे और बिंदु के आगमन की सूचना राज-ज्योतिषी को दे दी गई है। यह भेंट नितांत गोपनीय रहे और एकांत में हो इसकी व्यवस्था भी हो चुकी थी।

बिंदु को मैं प्रातः ही विश्वास में ले चुकी थी। योजनानुसार, राजकीय प्रदर्शन से रहित, हम लोग राज-ज्योतिषी के निवास-गृह पर पहुंचे। भवन सुंदर और विशाल था। पृष्ठ भाग में एक वाटिका थी।

सुभद्रांगी समस्त उत्सुकता आंखों में भरे हमारे सम्मुख आई। मैंने वर की माता के मान से नहीं अपितु ममता और वत्सलता से उससे वार्ता की। रूपसी नारी प्रकृति का सबसे मनोहर चित्र होती है। मेरा बिंदु तो उसे निहारता ही रह गया। सुभद्रांगी रूप, सौंदर्य और मनीषा की जीवंत मूर्ति थी। निश्छल ऐसी जैसे यौवन नवीन शैशव में स्नान करके आया हो। बिंदु तो अपनी भावी वधू के वाक्-चातुर्य पर मुग्ध हो गया। रूप का आकर्षण तो था ही।

कन्या के कुल आदि की चिंता किए बिना बिंदु विवाह के लिए तत्काल सहमत हो गया। मैं जानती थी कि यह नव वयस्क का अनिंद्य सौंदर्य के प्रति प्रथम आकर्षण का परिणाम है। सौंदर्य के प्रति बिंदु के उद्धत आचरण में भविष्य का कोई संकेत विद्यमान हो सकता है, ममता के मधुर मोह ने मुझे इस दिशा में सोचने से हठात रोक दिया।

बिंदुसार-सुभद्रांगी का परिणय पूरी राजकीय गरिमा से संपन्न हुआ। इस अवसर पर पूरा नगर ही उमड़ पड़ा। महाराज ने मुक्त हस्त से भूमि, आभूषण, स्वर्ण-मुद्राएं, वस्त्र और गौएं दान में दी। कारागार से बंदियों को समयपूर्व मुक्त कर दिया गया। वृद्धों, असहाय, रोगी व्यक्तियों को अनुदान दिए गए। मैं जानती हूं, महाराज के व्यक्तित्व में, स्वभाव में, प्रवृत्ति में विद्यमान करुणा इस अवसर पर उमड़ पड़ी। पुत्र विवाह के आनंद से हम दंपति स्वयं को आलोकित अनुभव करने लगे।

चौदह

बिंदु के विवाह के पश्चात गुरुदेव ने अपना पद त्याग कर संन्यास ग्रहण कर लिया और वन में अपनी कुटी में चले गए। अपने स्थान पर चतुर, राजनीतिज्ञ, न्यायप्रिय प्रधानमंत्री खल्लाटक की नियुक्ति कर गए। मैंने गुरुदेव से कहा भी कि लौकिक जीवन की उपेक्षा कर वे नैतिक, सामाजिक तथा राजनीतिक समस्याओं के प्रति बहुत-कुछ उदासीन हो जाएंगे। मैंने उनसे आग्रह किया कि वे अपने व्यवहार व आचरण द्वारा, पूर्व की भांति, निरंतर शुभ्र-शुचि प्रेरणा लहरियों को चारों ओर के वातावरण में विकीर्ण करतें रहें पर वे एकांत के आग्रही बने रहे। मैं मन-ही-मन आशंकित हो उठी कि कहीं मेरे कथन का भ्रांत अर्थ लेकर सम्राट ने गुरुदेव की उपेक्षा करनी न प्रारंभ कर दी हो।

सुभद्रांगी से बिंदु को दो पुत्र–सुसीम और अशोक–हुए। अभी विवाह को पांच वर्ष ही व्यतीत हुए थे। सुभद्रांगी का प्रेम सुसीम पर अधिक था। अशोक का पालन-पोषण मैं कर रही थी। सभी लोग उसे मेरा ही पुत्र मानते थे। तीन वर्ष का अशोक मुझे "माता" कहता था।

ज्ञात नहीं क्यों महाराज राजकाज और परिवार से विरक्ति-सी अनुभव कर रहे थे। कई-कई दिन तक मुझे उनके दर्शन न होते। उनका अधिकांश समय जैन आचार्यों के संसर्ग में व्यतीत होता। युवा आज्ञाकारी पुत्र बिंदुसार, सेवा-समर्पित वधू सुभद्रांगी, अबोध पौत्र सुसीम और अशोक का बाल चांचल्य और मेरा प्रेम भी उन्हें परिवार में न बांध पाता।

एक दिन अप्रत्याशित रूप से महाराज मेरे प्रकोष्ठ में आ गए। मैंने उनका उत्साहपूर्वक स्वागत किया और उचित आसन दिया।

आसन ग्रहण करने के पश्चात् महाराज ने मंद स्वर में कहा, "देवि, आज मैं आपसे क्षमा प्रार्थना करने आया हूं।"

सर्वथा औपचारिक बात सुनकर मैं हतप्रभ रह गई। अनिष्ट के शंका-धन मेरे मन में घुमड़ने लगे पर मुझे अपने विवेक की शक्ति में आस्था थी। विभावरी में परिरंभ वेदना से विभोर करके श्रुति-मधुर कथा सुनाने वाले प्रणयी महाराज उसी शयन मंदिर में आज किस कृत्य की क्षमा मांगने का प्रस्ताव रख रहे हैं।

संयत होकर मैंने कहा, "आप यह क्या कह रहे हैं, देव। मुझे आज्ञा दें।"

"देवि, मैं आपका अपराधी हूं। आयु की इस संधि पर जब पति-पत्नी एक दूसरे का आश्रय बनते हैं मैं साधु बनकर आपको अकेला छोड़कर जा रहा हूं।"

"आप सब कुछ त्यागकर संन्यास ग्रहण कर रहे हैं। सफलताओं और उपलब्धियों के उच्चतम शिखर पर पहुंचकर आप आत्मग्रस्त हो गए हैं, महाराज। इसी कारण आपको अपनी आत्मा की चिंता सता रही है। राज्य का पालन करने वाला राजा मनुष्यों के लिए विधाता होता है। आप हमें ही नहीं पूरी प्रजा को छोड़कर जा रहे हैं।"

"क्षमा करें देवि, मेरा निर्णय अंतिम है। मैंने व्यवस्था कर दी है, कल ही बिंदु का राज्याभिषेक होगा। यद्यपि वह इसके लिए अधिक उत्सुक नहीं है, तथापि वह सहमत हो गया है। मुझे संतोष है कि मेरे प्रति उसकी श्रद्धा कभी तिरस्कृत नहीं हुई। जैसे गुरु प्रतिकूल न होने वाले शिष्य की कामना करता है वैसे ही पिता आज्ञाकारी पुत्र की।"

मेरी आशा की डोर अभी टूटी नहीं थी। विनीत हो निवेदन किया, "महाराज! आपके भीतर भीमगुणों और कांतगुणों दोनों का समावेश है। आप न्यायप्रिय और वीर शासक हैं। आपमें ऐसी आत्मिक शक्ति है कि पुत्र के युवा होते ही आप स्वयं को राज्य से विच्छिन्न कर रहें हैं। मैंने आपके

साथ कृतकृत्यता और आनंद दोनों का अनुभव किया है। अब मुझे साथ क्यों नहीं ले चल रहे हैं?"

"देवि, जैन धर्म में इसका निषेध है। आपको मेरे मार्ग पर अग्रसर होने की आवश्यकता भी नहीं है। आप यहीं रहकर अपना कर्तव्य पूरा कीजिए।"

महाराज कुछ क्षण रुकें जैसे साहस संचित कर रहे हों। मेरे पर्यक पर निद्रामग्न अशोक की ओर इंगित करते हुए महाराज ने कहा, "वह है आपका उत्तरदायित्व। इसे अहिंसा में इस प्रकार दीक्षित कीजिए कि अशोक अपने जीवन की संध्या में, मेरी भांति, युद्धजनित हिंसक कृत्यों के पश्चातापस्वरूप संन्यास ग्रहण करने को प्रेरित न हो। राज-ज्योतिषी ने मुझे गुप्त रूप से बताया है कि बिंदुसार के बाद अशोक ही चक्रवर्ती सम्राट होगा।"

दूसरे दिन बिंदुसार के राज्याभिषेक के बाद महाराज ने सबसे विदा ली। उनके संन्यास लेने का समाचार प्रजा को विदित हो चुका था। राजमहल के बाहर एकत्र प्रजा ने उन्हें अश्रुपूर्ण नेत्रों से विदा किया।

मैं सम्राट चंद्रगुप्त को भंत भद्रबाहु तथा जैन साधु मंडली के साथ साधु वेश में जाते देख रही थी। मेरा सर्वस्व मेरी आंखो के सामने जा रहा था और मैं असहाय थी। पुत्र, पौत्र के स्नेह श्रृंखला की सबसे प्रमुख कड़ी आज टूट रही थी और मैं असहाय थी। इस सृष्टि में ऐसा कौन है जो अपने बुद्धि-बल से भवितव्यता को मिटा सके।

भारतीय संस्कृति में संन्यास ग्रहण करना एक स्वीकृत और सर्वमान्य परंपरा है। संन्यासी सपत्नीक वन को प्रस्थान करते हैं परंतु जैन धर्म पत्नी को साथ ले जाने की साधु को आज्ञा नहीं देता। इस धर्म में माना जाता है कि मोह-माया और कर्मों के प्रति आकर्षण ही बंधन का मूल कारण है। पूर्व संचित और वर्तमान कर्मों से मुक्ति पाने के लिए संसार का त्याग करना आवश्यक है तभी मोक्ष प्राप्त होगा। आप अपनी आत्मा को मुक्त करने के लिए निकले हैं महाराज, पर जैसा कि जैन धर्म में विहित है, मन आत्मा से भिन्न होता है। आप अपनी आत्मा को बंधनरहित और श्रेष्ठ बनाएंगे, पर

आपका मन थक कर जिस छायादार वृक्ष के नीचे विश्राम करेगा वह छाया मैं बन जाऊंगी। महाराज, आपको मूक विदा देती हूं और आपके मन और आत्मा के कल्याण की कामना करती हूं।

मैं अपने गहन विचार-गर्त से बाहर निकली और अमंद आभा से आलोकित शिशु अशोक को हृदय से लगा लिया। विचार थमे तो अश्रुओं ने उनका स्थान ले लिया।

पंद्रह

समय किसी घटना से बाधित नहीं होता। वह सदा चलता रहता है। एक दिन सुभद्रांगी असमय मेरे प्रकोष्ठ में आ पहुंची। मैंने सोचा पुत्र अशोक की ममता उसे खींच लाई होगी। अशोक के प्रति तो वह अपना प्रेम तक प्रदर्शित नहीं करती। माता-पिता दोनों यही चाहते थे कि मैं अशोक को पूर्णरूपेण अपना समझूं और उस पर निर्बाध स्नेह-वृष्टि करती रहूं ताकि मुझे संतानहीन होने का दंश न चुभे। महान् पुत्र की माताएं भी महान् होती हैं। इसी कारण स्नेह से अतिरिक्त सुभद्रांगी मेरी श्रद्धा की भी पात्र थी।

मैंने पुत्रवधू का स्वागत किया। औपचारिकताएं भूलकर सुभद्रांगी मेरे गले लग गई। कभी जिसकी छलछलाती हंसी स्वर-लहरी-सी कानों को सुख देती थी आज उसी की निश्वासें सुनाई दे रही थी। निश्वास है तो, मुझे लगा, वेदना भी निकट ही होगी। सहानुभूति का स्पर्श पाकर उसकी व्यथा प्रकट होने लगी। उसे रोता पाकर मैं चकित रह गई,कि इस राज-रानी को कौन-सा कष्ट है, जिसका निवारण उसका समर्थ पति भी नहीं कर पाया। मैंने उसकी पीड़ा को पिघलने दिया। जब वह कुछ हल्की हो चुकी तब मैंने उसे आसन पर बिठाया।

"निस्संकोच होकर बताओ तुम्हें क्या दुःख है?"

कुछ बताने के स्थान पर अश्रुओं से धुली आंखे ऊपर उठाकर उसने मुझसे ही प्रश्न किया, "महाराज बिंदुसार से आपकी भेंट कब से नहीं हुई है?"

"वैसे तो काफी दिन हो गए है, पर मैंने चिंता नहीं की क्योंकि एक तो वह सम्राट है, व्यस्त रहता होगा दूसरे तुम्हारा स्नेहिल बंधन..."

व्यग्रता से सुभद्रांगी ने कहा, "मैं उन्हें बांध नहीं सकी, राजमाता।"

"प्रेम बंधन नहीं है–पूजा है, उपासना है पुत्री।

"और जब देवता निष्ठुर हो जाय, तो?

"स्पष्ट बताओ, तुम्हारा तात्पर्य क्या है?" मुझे स्थिति वास्तव में गंभीर लगी।

एक दीर्घ निश्वास ले, अश्रुप्लावित दृग-युगलों से अश्रुमाला पोछती सुभद्रांगी बोली, "महाराज आजकल राजनर्तकी मुदाल के प्रेम में पड़कर घर-परिवार, राजकाज सब कुछ विस्मृत कर बैठे हैं।"

इस असंभाव्य, अतार्किक एवं अकल्पित समाचार से मैं कुछ क्षणों के लिए जड़वत हो गई। फिर सायास संभली।

"बिंदु की प्रणय-धारा मुदाल नामक उस समुद्र की ओर मुड़ गई है, जिसमें गिरकर प्रत्येक नदी का अमृत-जल खारा हो जांता है। यह प्रेम का क्षणिक आवेग है इसे बांधने का उपाय मैं शीघ्र करूंगी। तुम आश्वस्त होकर अपने भवन में जाओ।"

व्यथा और चिंता से दग्ध सुभद्रांगी सांत्वना का प्रश्रय लिए चली गई। जाते-जाते उसने सुताभाव से अपनी कारुणिक आंखे मेरी ओर उठाई और मूक-दृष्टि से कहा, "विलंब मत करना माता। आपका अवलंब चाहिए, अविलंब चाहिए।"

वह तेजस्विनी किस सहनशीलता, साहस और संयम से पति-उपेक्षा के विष-घूंटों का पान करती रही होगी यह सोचकर मेरा ह्दय कांप उठा।

मैंने तत्काल परिचारिका भेजकर प्रधानमंत्री खल्लाटक को बुला भेजा। कुछ ही क्षणों बाद खल्लाटक उपस्थित हो गए। उनकी शीघ्रता देखकर मुझे प्रतीत हुआ कि जैसे वह मुझसे भेंट करने को स्वयं आतुर हो।

खल्लाटक ने आते ही कहा, "राजमाता प्रणाम। मेरे लिए क्या आज्ञा है?"

"मंत्री जी, मुदाल कौन है?"

"जी, मुदाल राजनर्तकी है।"

राजनर्तकियों की परंपरा महाराज चंद्रगुप्त ने ही डाली थी। उनकी उपस्थिति राजसभा तक ही सीमित थी। राजा सहित सभासदों, मंत्रियों आदि को अपनी कला से मनोरंजन करना ही उनका काम था। राजनर्तकी के रूप में मुदाल खल्लाटक के समय में ही आई थी। संदेह के सर्प ने मेरे मन में फन उठाया–बिंदुसार को मुदाल के प्रेमजाल में उलझाने का षड्यंत्र कहीं खल्लाटक का ही न हो, पर इससे वह कौन-सा उद्देश्य सिद्ध करना चाहता है! बिंदुसार कुछ काल के लिए भटक भले ही जाए, पर शौर्यहीन तो नहीं हो जाएगा। हो सकता है खल्लाटक पर मेरा संदेह निराधार हो। यदि ऐसा है तो वह मेरी योजना को सफल बनाने में सहयोग करेगा। खल्लाटक चतुर है, विनम्र है, साथ ही निर्भीक भी है। निर्भीक व्यक्ति दुरभिसंधिया नहीं करता।

सौजन्यवश खल्लाटक ने मेरे चिंतन में बाधा नहीं दी। वह विनम्रता की मूर्ति बना आसन पर बैठा रहा।

"यह प्रकरण कब से चल रहा है, मंत्री जी?"

"लगभग एक माह से।"

"और आपने इसकी सूचना मुझे देना उचित नहीं समझा।"

"क्षमा करे राजमाता! मैं संकोचवश ऐसा नहीं कर पाया। सत्य तो यह है कि आपके सामने सम्राट के विपरीत आचरण की बात कहने का मैं साहस नहीं कर सका।"

"क्या इसका कोई उपाय सोचा आपने?"

"आप स्वयं महाराज को समझाएं। आप माता हैं, प्रताड़ित भी कर सकती हैं। मेरी ओर से किया गया कोई भी उपाय सम्राट के प्रति अभद्रता की श्रेणी में आ जाएगा।"

"मंत्री जी, वासना-विफल प्राणी औचित्य और अनौचित्य की विवेचना नहीं कर सकता। ऐसे व्यक्ति को समझाना कुएं में पड़ी अग्नि के समान व्यर्थ होगा। क्या मुदाल से मेरी भेट संभव हो सकेगी?"

"क्षमा करे राजमाता, यह राजकीय गरिमा के अनुकूल न होगा। आप

आदेश करें। राजकीय आज्ञाएं शिरोधार्य होती हैं, अन्य आदेश अवज्ञा के कान से सुनी जाती हैं।"

"महाराज बिंदुसार मुदाल के पास से राजभवन कब लौटते हैं?"

"मध्यरात्रि से कुछ पूर्व। मद्यपान के आधिक्य के कारण दिवस के तीसरे प्रहर तक विश्राम करते हैं। सायंकाल उनका रथ फिर मुदाल के निवास की ओर चल पड़ता है।"

"मुझे प्रसन्नता है कि आप अपने कर्तव्य के प्रति सचेत हैं। आप कल प्रातः मुदाल से मिलिए। ध्यान रहे वह भयग्रस्त न होने पाए। मित्रवत् उसे समझाइए कि अनजाने ही वह महाराज को राजकाज से विमुख कर राष्ट्र का और प्रजा का कितना अहित कर रही है। स्वयं भी पाप की भागी बन रही है। स्त्री है इस विचार से अवश्य द्रवित होगी।"

"संभव है वह पाटलिपुत्र त्यागकर कहीं और चले जाने का प्रस्ताव रखे।"

"उसका यह प्रस्ताव अस्वीकार करना होगा क्योंकि वह देश में कहीं भी होगी, राजा के गुप्तचर उसे खोज लेंगे।"

खल्लाटक शांत बैठे रहे।

"उसे प्रेरित करना होगा कि वह राष्ट्रहित में अपने प्राणों का उत्सर्ग करे। महाराज के प्रति यही उसका सच्चा प्रेम होगा। वैसे भी राजनर्तकियों का आकर्षण कितने दिन टिकता है! मुझे विश्वास है कि आप अपने तर्कों से मुदाल को प्राणोत्सर्ग के लिए प्रस्तुत कर सकेंगे।"

"यदि वह वचन देकर बाद में उसे न निभाए?"

"भावनाओं में बहकर वह तत्काल कुछ भी करने को प्रस्तुत हो जाएगी। हो सकता है प्राणांत करने के लिए उसके पास विष न हो। आप अपने साथ घातक विष लेकर जाइएगा। वह विष पीकर मुदाल अपनी इहलीला समाप्त कर लेगी! विषपान से पूर्व मुदाल से एक पत्र लिखवा लीजिएगा, जिसमें महाराज को संबोधित करते हुए, लिखे कि वह अपने प्राण स्वेच्छा से दे रही है ताकि महाराज मुक्त होकर राजकाज संभाल सकें और प्रजा की रक्षा कर सकें।"

"युक्ति तो उत्तम है।"

"परंतु इसकी सफलता आपके वाक्-चातुर्य पर निर्भर करती है। प्रयत्न कीजिएगा कि आपको मुदाल के यहां आते-जाते कोई न देख पाए। सफलता मिलने पर किसी परिचारिका द्वारा फलों से परिपूर्ण एक पात्र मेरे पास भेज दीजिएगा। इस संबंध में मुझसे भेंट करने की आवश्यकता नहीं। इस प्रकरण को गोपनीय रखने के लिए आप शपथ के अधीन होंगे।"

खल्लाटक ने अति उत्साह में गोपनीयता की शपथ भी ले डाली।

सोलह

वीर पुरुष को दी चीजें बांधती हैं–नारी का उन्मुक्त प्रेम या रणभेरी। मुदाल से मुक्त हो बिंदु ने दक्षिण प्रदेशों को विजित करने के लिए सेना सन्नद्ध कर ली। अभियान पर प्रस्थान करने से पूर्व मेरे पास आया।

"माता मुझे आशीर्वाद दें। मैं दक्षिण भारत के अभियान पर जा रहा हूं।"

"विजयी भव पुत्र, विजयी भव।"

सुभद्रांगी प्रसन्न मुद्रा में बिंदु के पार्श्व में खड़ी थी। उसके हाथ में कंचन-पात्र था, जिसमें पूजा-अर्चना की सामग्री रखी थी। साथ में सुसीम खड़ा था।

मैंने दीप प्रज्ज्वलित किया। सुभद्रांगी ने पति को विजय-तिलक लगाया और उसकी आरती की।

"समाचार देते रहना पुत्र।"

"जो आज्ञा माता।"

इतना कहकर बिंदु ने मेरे चरण-स्पर्श किए। पुत्र का विद्युन्मय स्पर्श पाकर नेत्र अश्रुपूरित हो गए। बिंदु ने उठकर देखा तो मैंने आंखों ही आंखों में अश्रु पी लिए। सोचा, मेरी अश्रुपूरित आंखें देखकर कहीं मेरा पुत्र दुर्बल न पड़ जाय।

बिंदु तत्काल अपने पुत्रों की ओर बढ़ा सुसीम और अशोक को हृदय से लगाकर उन्हें स्नेह-सिंचित किया, सुभद्रांगी के कंधे पर प्रेम की आश्वस्ति

का हाथ रखा। अनजानी आशंका से भयभीत सुभद्रांगी के अश्रु पलकों पर ही रुक गए। बिंदु तेजी, से प्रकोष्ठ के बाहर चला गया।

समय पंख लगाकर उड़ने लगा। विजय के समाचार आने प्रारंभ हो गए। प्रत्येक समाचार पर मैं विचलित हो उठती, फिर अशोक को अपने वक्ष से लगाकर शांत हो पाती।

सुभद्रांगी का अधिकांश समय मेरे ही प्रकोष्ठ में व्यतीत होता था। मुझे विचलित देखकर पूछती, 'माते! क्या आपको विजय-समाचार सुनकर प्रसन्नता नहीं होती?"

"होती है।"

"फिर आप विचलित क्यों हो उठती हैं?"

"मैंने बाल्यकाल से विवाह पूर्व तक अपने पिता को युद्धों में लिप्त देखा है। अनगिनत लोगों के रक्त से सिंचित भूमि पर अधिकार करने की करुण कथाएं उन्हीं के मुख से सुनती रही हूं। जिसे वह विजय का गौरव समझते उसे मैं मानवता का पद-दलन मानती। मैं हिंसा और राज्य विस्तार से घृणा करने लगी। यह सोचकर मेरा हृदय विचलित हो उठता है सुभद्रांगी कि मेरा पुत्र निशि-दिन हिंसा में लिप्त रहकर भूमि पर अधिकार करता जा रहा है। क्या प्रत्येक सम्राट की यही नियति होती है कि वह मानवता पर कुठाराघात करे? सुभद्रांगी कामना करो कि वह मानवता का कलंक बनने के स्थान पर प्रेम और अहिंसा का प्रकाश फैलाए।"

प्रत्येक विजय समाचार के साथ मेरी मनःस्थिति बिगड़ती गई। शरीर अवश होता चला गया। सभी को लगा कि मैं किसी भयंकर रोग से ग्रसित गई हूं। राजवैद्य भी कोई निदान नहीं कर पाए।

सुभद्रांगी ने मेरे रोगग्रस्त होने का समाचार बिंदु को भेज दिया। समाचार मिलने तक वह पूरा दक्षिण भारत विजित कर चुका था और तत्समय उड़ीसा की ओर अग्रसर था। अभियान रोककर वह सेनासहित पाटलिपुत्र लौट आया।

मुझे रोग-शैया पर देखते ही भारत-सम्राट बिंदु शिशु के समान रोने लगा।

मैंने क्षीण स्वर में कहा, "छिः रोता क्यों है! तू तो विजयी होकर आया है।"

"नहीं माता मैं पराजित हो गया हूं। अपने युद्धोंमाद में मैं यह विस्मृत कर बैठा कि आपको व्यर्थ की हिंसा से घोर घृणा है। आप हिंसा की अदृश्य चोट अपने पिता के घर सहती रहीं और पुत्र ने भी उसी चोट पर चोट कर डाली। बताओ माता मैं कैसे पश्चाताप करूं जिससे आपके कष्ट का निवारण हो।"

"अच्छा! मुझे वचन दे कि हिंसा से किसी को विजित नहीं करेगा वरन् मित्रता के, सद्भाव के स्वर्ग-प्रासाद निर्मित करेगा। राज्याभिषिक के समय ली गई प्रतिज्ञा–'माता पृथ्वी! तुम मेरी हिंसा न करो और मैं तुम्हारी हिंसा न करूं–कभी विस्मृत न करना। स्मरण रखना कि अहिंसा बुराई के साथ मौन समझौता नहीं है। अहिंसा सशक्त मांसपेशियों पर, शस्त्रों पर विश्वास नहीं रखती अपितु नैतिक साहस, आत्मनियंत्रण और सुदृढ़ चेतना का आधार ग्रहण करती है। अहिंसा कायरता या दुर्बलता को छिपाने के लिए बहाना नहीं है। केवल वे ही लोग जिनमें वीरता, कष्ट-सहिष्णुता और बलिदान की भावना के गुण होते हैं अपने-आपको संयम में रख सकते हैं और शस्त्रों का प्रयोग किए बिना कृतार्थ हो सकते हैं।"

बिंदु ने मेरा हाथ पकड़कर अपने मस्तक से लगा लिया जो शीघ्र ही उसके अश्रुओं से आर्द्र हो उठा। स्पर्श से ही मैं उसके पश्चाताप का मनोभाव समझ गई।

मेरी सारी शक्तियां क्षीण हो रही थीं। मैंने अस्पष्ट-से स्वर में कहा, "मेरा अंतिम-संस्कार तू नहीं तेरा पुत्र अशोक करेगा।" राज-ज्योतिषी की गुप्त भविष्यवाणी को ध्यान में रखते हुए यह वास्तव में अशोक के उत्तराधिकार की प्रच्छन्न घोषणा थी। बिंदु ने तत्काल अशोक के सिर पर हाथ फेरा जैसे वह मेरा मंतव्य समझ गया हो।

मुझे गतायु जानकर बिंदु ने अश्रुपात कर अपनी सहमति व्यक्त की। अशोक ने अपना सिर मेरे वक्ष से सटा दिया। सजल नेत्र लिए सुभद्रांगी मेरे चरणों के समीप बैठी थी। सुसीम का कोमल हाथ मेरे चरणों पर रखा था।

सबको अपने निकट देखकर ऐसा प्रतीत हुआ कि नूतन हरियाली मुझे घेरे बैठी है। शरीर से प्राण त्यागने के लिए इतना पुण्यमय वातावरण क्या सबको मिलता है।

भावावेश में मेरा कंठ अवरूद्ध हो गया। वाणी कुंठित हो गई। लगा जैसे हृदय में हाहाकर मचा हो। दूसरे ही क्षण लगा मैं रिक्तता क़े तट पर खड़ी हूं जहां और कुछ नहीं है, बस है तो मात्र शून्य ही शून्य...शून्य ही शून्य...शुन्य...।

रोम सम्राट नीरो की डायरी

"जगनी की दहलीज पर कदम रखते ही मुझे पता चला की मेरी मां एग्रिप्पा आज भी सुंदर और जवान है। उसका सौंदर्य अभी तक शायद इस कारण से बरकरार है कि उसने मेरे पिता इनो बारबस से कदाचित् मुझे जन्म देने भर के लिए शादी की थी। मेरे जन्म के बाद मां ने पिता को सदैव दुत्कारा, सदा अपने से दूर रखा और उसकी छाया से भी मुझे भरसक बचाए रखा। पिता में क्या दोष थे मैं नहीं जानता! पर और जो भी दोष हों, वह एक कमजोर इंसान जरूर था। आज मुझे पिता की शक्ल तक याद नहीं।

मैं रोम के राजमहल में बैठा यह डायरी लिख रहा हूं। मैंने, और मैंने ही क्या मां ने भी, सपने तक में नहीं सोचा था कि हमें कभी राजमहल भी नसीब होगा। हुआ यह कि एक दिन टाइबर नदी में नौका-विहार के दौरान मां की भेंट अचानक रोम के बूढ़ें खूसट राजा क्लाडियस से हो गई। मां ने भांप लिया कि उसके अर्ध-अनावृत सौंदर्य का चक्षु-पान कर विधुर राजा की प्यास और बढ़ गई है। मां जानती थी कि राजा जब नदी किनारे से लौटकर राजमहल जाएगा तो अतृप्त इच्छाओं का अनियंत्रित प्रवाह उसके हृदय में हिलोरें मारने लगेगा। स्त्री होने के नाते मां ने उसकी मानसिक हालत भांप ली थी। बस फिर क्या था उसने मौके का फायदा उठाया और चतुर शिकारी की तरह बूढ़े के ऊपर अपने सौंदर्य को ऐसा जाल फेंका कि राजा भूखी मछली की तरह जाल में फंसकर तड़पने लगा। मां चालाक थी, उसने राजा को पास तो आने दिया पर हाथ नहीं धरने दिया। महत्वाकांक्षा कठोरता और निर्दयता को जन्म देती है। मां ने समर्पण के लिए आतुर राजा के सामने शादी की शर्त रखी। बूढ़ा शादी के लिए तैयार हो गया तो जीते

जुंआरी की तरह मां ने यह शर्त भी रख दी कि राजा मुझे बेटे की तरह अपनाएगा और राजमहल में रखेगा। मेरी मां का आतुर बूढ़ा प्रेमी और मेरा होने वाला सौतेला बाप यह शर्त भी मान गया। वासना में अंधे राजा को उस समय अपनी युवा पुत्री और किशोर पुत्र का भी ध्यान न रहा।

बूढ़े सम्राट ने मां को समझाया कि उसे किसी प्रकार की चिंता करने की जरूरत नहीं है। वह सिर्फ अपने बेटे के साथ राजमहल आ जाए। वहां उसे सभी चीजें उपलब्ध हो जाएंगी। शादी राजमहल में राज-पुरोहित संपन्न कराएंगे। मां ने घर आकर यह सब मुझे बताया।

निश्चित समय पर राजमहल से रथ आ गया। मां ने मेरा और अपना जरूरी सामान एक पेटी में रख लिया। पड़ोसियों को कुछ नहीं बताया गया। मकान नौकरों को दे दिया क्योंकि उन दोनों में से किसी को हम साथ नहीं ले जा सकते थे। चलते समय मैंने उस मकान को भरपूर नजरों से देखा, जिसमें मेरा जन्म हुआ था और जिसके आंगन में खेलकर मैं बड़ा हुआ था। नौकरों के गले लगकर मैं रोया, पर मां शांत रही। ताक पर रखे अपने चकमक पत्थर मैं उठाने लगा तो मां ने मना कर दिया।

रोम के राजा क्लाडियस से मां की शादी वाले दिन मेरा मन बहुत उदास हो गया। मुझे रह-रहकर अपने जन्मदाता पिता की याद आई। वैसे मेरे हृदय में उसके प्रति कोई प्रेम नहीं उमड़ रहा था, परंतु मुझे उसकी बेचारगी पर तरस आ रहा था। हमारे समाज में विवाह स्त्री-पुरुष का मधुर मिलन कहलाता है जो जीवन भर स्थायी बना रहता है। अगर मां किसी सामान्य पुरुष से दूसरा विवाह कर रही होती तो मेरा बाप क्या चुपचाप देखता रहता? कतई नहीं–तूफान खड़ा कर देता पर यहां तो रोम का सम्राट दूल्हा बना हुआ है, उसका विरोध भला कौन कर सकता है–क्या तो मेरा पिता और क्या वह समाज?

शादी के समय मैं खामोशी से सब-कुछ होते देख रहा था। विवाह संपन्न कराने के लिए राज-पुरोहित उपस्थित थे। वर-वधू के लिए दो स्टूल जैसे आसन रखे थे जिन पर भेंड़ की खाल पड़ी थी। उन दोनों के बैठने के बाद राज-पुरोहित ने एक रोटी बढ़ाते हुए वर-वधू से कहा, 'यह मुकद्दस

रोटी लो और दोनों मिलकर इसे खाओं। खाने के बाद एक दूसरे का हाथ अपने-अपने हाथ में लेकर जीवन भर साथ निभाने की प्रतिज्ञा करो।' मैं सोचने लगा कि ऐसी प्रतिज्ञाओं से क्या जीवन-भर का साथ सुनिश्चित हो जाता है। मां ने ऐसी ही प्रतिज्ञा अपनी पहली शादी पर भी ली होगी–क्या हुआ उसका? मेरा पिता तो आज भी जीवित है। मुझे लगा कि रंगमंच पर नाटक के एक दृश्य के रूप में शादी हो रही है। नाट्य-भवन में अभिनेताओं को देखकर लोग कभी-कभी अप्रसन्न भी होते हैं।

रोम में प्रेम-विवाह प्रचलित नहीं है। इसका यह मतलब नहीं कि लोग प्रेम नहीं करते। आज भी रोम की सड़कों और गलियों में परित्यक्त सद्यजात अवैध शिशु इस बात के प्रमाण हैं कि लोग प्यार करते हैं भले ही समाज इस प्यार को अपनी परिभाषाओं में बांधता रहे। आमतौर से शादियां माता-पिता तय करते हैं। शादी तय कराने, जोड़े मिलाने में पारिवारिक मित्र बिचौलियों का काम करते हैं लेकिन मेरे सामने हो रही इस शादी का न तो बिचौलिया था और न मां-बाप परिवार या समाज की सहमति जरूरी समझी गई। रोम में शादी के लिए मार्च, मई और जून का आधा महीना अशुभ माना जाता है और इन दिनों कम से कम शादी जैसे शुभ कार्य संपन्न नहीं किए जाते। इस सामाजिक मान्यता को ताक पर रखकर यह शादी मई में हो रही है। पुरोहितों ने दबी जुबान से इस पर आपत्ति की थी, पर उतावले सम्राट की इच्छा के सामने झुक गए। बूढ़े सम्राट के पास जैसे समय की कमी थी और उसे दुल्हन पाने की बहुत जल्दी थी। मां भी इस अवसर को खोना नहीं चाहती थी। एक कार्य जो हमारे द्वारा एकांत में होने पर अपराध-सा दिखाई देता है समाज की उपस्थिति में ऐसे पवित्र हो जाता है जैसे रसायनशास्त्री क्षुद्र धातुओं को सुवर्ण बना देता है। राजा ने इस बात का ध्यान रखा। विवाह समारोह में और उसके बाद भोज में सम्मिलित होने वाले समाज के कर्णधारों की खुशी का पारावार नहीं था। सम्राट का न्यौता पाकर वे खुद को धन्य समझ रहे थे। किसी ने इस बेमेल शादी पर उंगली नहीं उठाई।

मां की ओर से मैं और सम्राट की ओर से उनकी बेटी और बेटा

अपने-अपने परिवार का प्रतिनिधित्व कर रहे थे। मैंने स्पष्ट देखा कि सम्राट की संतानों के चेहरों पर उल्लास के स्थान पर अवसाद और अनजानी आशंका की रेखाएं अंकित थी और मैं ही कौन-सा खुश था। हम बच्चों ने एक-दूसरे को देखा, पर कोई बातचीत नहीं हुई। शादी का जश्न और दावतें देर रात तक चली। उस रात मैं कमरे में अकेला रहूंगा यह सोचकर मुझे डर-सा लगा क्योंकि हमारी पुरानी यूनानी आया मीशा को राजमहल में आने से मना कर दिया थां। यही हाल जूलियन का हुआ जो मेरा 'पेडेंगोगस' था। बच्चों को व्यक्तिगत साथी और उन्हें शिष्टाचार सिखाने वाला यूनानी गुलाम 'पेडेगोगस' बच्चे के जवान होने तक उसके साथ रहता था। आज वह भी नहीं है।

दासियां मुझे मेरे कमरे तक लाई। मेरे वस्त्र बदलाएं और मुझे पलंग पर लिटा दिया। तभी अप्रत्याशित रूप से मां आ गई। उसे देखते ही या शायद उसके इशारे पर सभी दासियां कमरे से खिसक गई। मां ने मुझे अपने अंक में भर लिया। पता नहीं वह अपनी खुशी का इजहार करना चाहती थी या मेरे अकेले रह जाने पर अपना दैन्य प्रकट कर रही थी। मुझे लगा कि इस समय मुझे मां की सख्त जरूरत है इसलिए मैं उसकी गोद में एक तरह से दुबक गया। कुछ क्षण बाद अलग होकर मां ने दोनों हाथों से मेरा चेहरा पकड़कर अपनी ओर उठाया। वह मेरे मनोभावों को पढ़ना चाहती थी, पर मुझे लगा उसका चित्त स्थिर नहीं है। शायद उसे सुहाग-कक्ष में जाने की जल्दी हो। उसकी यह मजबूरी भी थी। पर ममता की मारी वह मेरी खैर-खबर लेने आई थी। उसके दोनों हाथ मेरे चेहरे से रपटते हुए गर्दन पर आ गए। तभी वह चौंकी और उसने लगभग चीखते हुए मुझसे पूछा कि मेरा 'बुल्ला' (बुरी नजर से बचाने के लिए बच्चों को पहनाया जाने वाला ताबीज) कहां है? मैं पहले तो चुप रहा। मां ने मुझे झकझोर कर पूछा, "बेटा, नीरो! मैं पूछ रही हूं तुम्हारा बुल्ला कहां है?" मां की उद्विग्नता पर मुझे दया आ गई। मैं जानता था मां मुझे बहुत प्यार करती है। इसी कारण इस शादी का मैंने किसी स्तर पर विरोध नहीं किया। खैर, अपने प्रति मां की चिंता देखकर मेरे हृदय की कोमल भावनाएं जाग उठीं। मैंने उसका हाथ पकड़ लिया। वह

जानती थी जब मेरे हृदय में उसके लिए प्यार उमड़ता है तो उसे बांधने की नियत से मैं उसका हाथ पकड़ लेता हूं।

मैंने मां को अपने पलंग पर आराम से बिठा लिया। वह निश्चिंत होकर बैठ गई। शायद उसे यह चिंता भी नहीं थी कि बूढ़ा सम्राट उसकी आतुरता से प्रतीक्षा कर रहा होगा। मैं उसका हाथ पकड़े रहा। उस समय ऐसा लग रहा था जैसे मेरी भावनाएं तरंगायित होकर स्पर्श के माध्यम से उसके हृदय तक पहुंच रहीं हो। मैंने देखा सुहाग के जोड़े में मां कितनी सुंदर लग रही है। एक क्षणांश को मेरे सामाजिक संस्कार मस्तिष्क में कौंधे, जैसे कह रहें हो कि वह पुत्र कितना अभागा होता है जो अपनी जन्मदात्री मां को सुहाग के नए जोड़े में देखता है, लेकिन मैंने तत्काल अपनी बौद्धिक ग्लानि को खुशियों के तालाब में डुबो दिया।

मां ने एक बार फिर मुझे हिलाया। चैतन्य होकर मैंने मां की ओर देखा। मुझे याद आया वह 'बुल्ले' के बारे में पूछ रही थी। मैंने स्पष्टीकरण देना शुरू किया-'मां तुमने ही मुझे बताया था कि बच्चों के जन्म के नौवें दिन उनके गले में बुल्ला डाल दिया जाता है ताकि उन्हें नजर न लगे। जवान होने पर लड़के बुल्ला उतार देते हैं लेकिन लड़कियां 15-16 साल की उम्र में शादी के ही समय बुल्ला उतार कर देवता को अर्पित करती हैं ताकि वह उसकी और उसके पति की रक्षा करे। मां आज दूसरी शादी के समय देवता पर चढ़ाने के लिए तुम्हारे पास कोई बुल्ला नहीं था अतः मैंने अपना बुल्ला उतार कर तुम्हारी ओर से देवता को अर्पित कर दिया ताकि तुम्हारा ब्याह शुभ हो।'

इतना सुनते ही मां ने मुझे खींचकर अपने सीने से लगा लिया। उसकी आखों से झरने वाले आंसू मुझे उसकी ममता में डुबोए दे रहे थे। वह काफी देर तक प्रेमाश्रु बहाती रही और मैं उसके वात्सल्य में, प्रेम में आप्लावित होता रहा। मैंने मां से सुहाग-कक्ष जाने के लिए कहना शिष्टाचार के विरुद्ध समझा। शिष्टाचार के नाम से ही मुझे जूलियन की याद आ गई। उसी ने तो शिष्टाचार का जैसे पूरा शास्त्र ही मुझे पढ़ाया-सिखाया था, पर मैं चाहता था कि मां अपने पति के पास जाए। यह भी शिष्टाचार का ही तकाजा था।

मुझे डर लगा कि मां को सुहाग-कक्ष से इतनी देर तक अनुपस्थित पाकर खड़ूस दूल्हा कहीं उपद्रव न करने लगे। अतः मैंने नींद आने का बहाना किया। उसने एक छोटे बच्चे की तरह मुझे पलंग पर लिटा दिया, मेरे मस्तक पर हाथ फेरा, चुम्बन लिया और मुझे सोया जानकर आहिस्ता से कमरे के बाहर चली गई।

शादी की चहल-पहल खत्म हो गई। मां अपने समय का ज्यादा हिस्सा पति को देती। मुझसे जब भी मिलती तो यही कहती, 'बेटा! मेरा व्यवहार कुछ बदल-सा गया है तो अपनी ही चिंताओं के कारण। नीरो, अपनी आंखें और कान खुले रखो और दिमाग चौकन्ना। तुम्हें एक दिन रोम का सिंहासन संभालना है।' मेरा लिहाज कर वह आगे और कुछ नहीं कह पाती, पर मैं समझ जाता कि जैसे वह कहना चाहती कि राजमहल में घुसने और अपना शरीर बूढ़े राजा को सौंपने की ओट में उसके हृदय में यही महत्वाकांक्षा पलती रही है। मां जानती है कि मैं उसकी इस दुरभिसंधि से घृणा करता हूं परंतु साथ ही वह यह भी समझती है कि रोम के तख्त का लालच बड़े से बड़े संयमी, आदर्शवादी संत तक को डिगाने के लिए काफी है। फिर मैं तो ऐसी कुंआरी भूमि था जिस पर अभी तक न तो स्वार्थों के हल चले थे और न ही महत्वाकांक्षाओं के बीज डाले गए थे। मेरे चारों ओर थोथी विलासता का ढेर लगा दिया गया और अनचाहे ही उसके ऊपर बैठकर मैं धीरे-धीरे उसमें धंसने लगा। थोड़े दिनों में ही मैं जान गया कि पतन में भी एक पाशविक आनंद होता है।

मेरे दिमाग को अपनी सोच की पटरी पर दौड़ाने के लिए मां ने एक शिक्षक की नियुक्ति कर दी। उसका नाम सिनेका था। वह उम्र में मुझसे काफी बड़ा था जो गुरु होने के नाते प्रभावशाली होने के लिए उसे होना भी चाहिए था। उसकी उम्र मुझे 45 वर्ष के आसपास लगी, फिर भी वह सुंदर और सजीला लगता था। बाद में पता चला कि वह कवि और नाटककार भी था, वैसे पेशे से वह वकील था। उसने खुद बताया कि वह 'डायलाग्स' नामक दार्शनिक ग्रंथ का लेखक है। कभी वह तड़ीपार रह चुका था।

मेरी सेवा में लगे सेवकों का प्रधान हैरस मुझसे मात्र पांच साल बड़ा

था। उससे मेरी दोस्ती-सी हो गई थी। हैरेस जानकारियों का अकूत खजाना था। रोम में शायद ही कोई नामी-गिरामी व्यक्ति ऐसा हो जिसके बारे में हैरेस के पास जानकारी न हो। वह मुझे खूब किस्से सुनाया करता था, खासकर युवा लड़कियों के। मुझे लगता कि वे मेरे भीतर अविकसित पड़े काम-भाव को समय से पहले ही प्रस्फुटित कर पल्लवित कर देना चाहता है। राजमहल के चलन के अनुसार कई युवा सुंदरियां उसने मेरी सेवा में लगा रखी थी, पर मेरा संयम देखकर कोई सीमा के बाहर नहीं जाती।

हैरेस ने ही मुझे सीनेका के बारे में बताया था। प्रकट रूप में वह उसकी प्रशंसा ही करता। उसी ने बताया कि मेरा शिक्षक करोड़ों की संपत्ति का स्वामी है। यानी शिक्षक के रूप में वह अपनी सेवाएं पैसा कमाने के लिए नहीं दे रहा था। जब मुझे यह पता लगा कि सिनेका पहले सीनेट का सदस्य था, परंतु वर्तमान सम्राट क्लाडियस ने उसे सीनेट से हटा दिया था तो मुझे यह समझते देर न लगी कि सिनेका मेरा शिक्षक कम, मां का सलाहकार ज्यादा था। मां ऐसे प्रभावशाली लोगों को अपने आसपास इकट्ठा कर रही थी जो प्रकट या अप्रकट रूप से सम्राट के विरोधी थे।

दर्शन में मेरी रुचि न थी, इससे मेरे गुरु सिनेका को थोड़ी निराशा हुई। उसने मुझे बताया कि सिकंदर महान् मेरी ही उम्र में अपने गुरु अरस्तू से दर्शन के गंभीर पाठ पढ़ा करता था परंतु, न मैं सिकंदर था और न सिनेका अरस्तू। मेरी रुचि कला की ओर थी। संगीत मेरा शौक था और सिनेका का संगीत में कोई दखल नहीं था। बहरहाल, गुरु ने मुझे रोम के निवासियों के सामाजिक जीवन से गहराई से परिचित कराया। उसका कहना था कि रोमवासी राजनीति के प्रति उदासीन थे, परंतु अपने घरेलू और सामाजिक जीवन में बाहरी हस्तक्षेप सहन नहीं करते। मां की नजर में यह स्थिति उसके अनुकूल थी क्योंकि इस धारा के चलते राजनीतिक उलट-फेर से जनता को कोई सारोकार नहीं रहता।

इधर तीन महीने निकल गए, कोई महत्वपूर्ण घटना नहीं घटी। रोम में अगस्त का महीना बहुत पवित्र माना जाता है। इसी महीने में 'लुपरिकल' का उत्सव होता है। मुझे अगस्त के महीने के बारे में विस्तार से मां ने बताया था। वैसे तो मैं यह जानता था कि 40 वर्ष पहले दिवंगत हुए महान रोमन सम्राट आगस्तस ने 'अगस्त' महीने का नाम अपने ही नाम पर रखा था। आगस्तस का वास्तविक नाम आक्टेवियनस था। वह बड़ी सादगी से रहता था। रोम पर उसका 41 वर्ष का शासन स्वर्ण-युग कहलाया। आक्टेवियनस को रोमवासी 'आगस्तस' कहते थे जिसका शाब्दिक अर्थ है–'परम आदरणीय'। मां को मुझे इतिहास पढ़ाने में कोई विशेष रुचि नहीं थी, हां, वह विशेष रूप से यह रेखांकित करना चाहती थी कि आक्टेवियनस राजवंश की पैतृक-परंपरा से नहीं था। वह जूलियस सीजर का दत्तक पुत्र था। दूसरे शब्दों में मां यह समझाने की चेष्टा करती कि सिंहासन का उत्तराधिकारी राजवंश का ही हो यह आवश्यक नहीं। दत्तक पुत्र और मेरी तरह सौतेले पुत्र में वैसे कोई गुणात्मक अंतर नहीं माना जाता, पर मां की दृष्टि में सौतेले पुत्र की स्थिति दत्तक पुत्र से इसलिए बेहतर होती है कि सौतेले पुत्र की मां या पिता सौतेले परिवार के अंग बन जाते हैं। मां बताती कि इतिहास का क्रूर मजाक तो देखो कि सम्राट आगस्तस को भी अपनी मृत्यु से पूर्व अपने सौतेले पुत्र टिबरस को अपना उत्तराधिकारी चुनना पड़ा। टिबरस का चाचा वर्तमान राजा क्लाडियस भी भाग्य से सम्राट बना था।

मां मुझे समझाती कि राज-वंश का इतिहास मेरे राजा बनने के पक्ष में है। जब मैं उससे कहता कि क्लाडियस का पुत्र ब्रिटेनीकस ही राज्य का वास्तविक उत्तराधिकारी है और भविष्य में उसे ही राजा बनना चाहिए तो

मां गुस्से से लाल हो जाती। उसे लगता मेरी अक्ल का मट्ठा हो गया है। वह कहती, 'नीरो, तू भीख मांगेगा, भीख।' इसके बाद कदाचित् वह मेरी नासमझी पर रोने लगती। उसे सांत्वना देने के लिए उसका हाथ पकड़कर कहता, 'मां, मैं राजा बनना तो चाहता हूं, पर समझ नहीं पाता कि बनूंगा कैसे?' झट अपने आंसू पोंछकर वह कहती, 'तू सम्राट बनने की तमन्ना बनाए रख, मेरे लाल, बाकी सब मुझ पर छोड़ दे और हां, याद रख कि निराश और असफल लोग ही हमेशा आदर्श बघारते हैं।"

मां की बातों से और तत्समय मुझे उपलब्ध कराए गए सुखों के आधिक्य के कारण सम्राट बनने की लालसा मेरे भीतर करवटें लेने लगी। मां मेरी लालसाओं को मूर्तरूप देने में जी-जान से लगी थी। सिनेका मां का सहयोगी था। उसने बताया सम्राट से बहुत से सीनेटर नाराज रहते हैं क्योंकि सम्राट की शह पर उनके साथ पशुवत व्यवहार किया जाता है। असंतुष्ट सीनेटरों को सिनेका के माध्यम से, महारानी यानी मेरी मां का वरदहस्त प्राप्त हुआ। सीनेट में छिपे तौर पर कई गुट हो गए। एक गुट मां के प्रभाव में आ गया। सम्राट की ओर से मां सीनेटरों के लिए भोज आयोजित करती और इसी बहाने अपने गुप्त समर्थकों से मिल लेती।

सम्राट के पुत्र ब्रिटेनीकस और पुत्री एंटोनिया पर मां ने अपनी झूठी ममता का आंचल फैला दिया। क्लाडियस के सामने उसके बच्चों के प्रति अपनी ममता का झूठा प्रदर्शन करने से तो वह कभी नहीं चूकती। प्यार से वंचित दोनों बच्चों को मां ने अपने झूठे प्यार से वश में कर लिया। सम्राट इस बात से प्रसन्न था कि उसकी चौथी पत्नी एग्रिप्पा यानी मेरी मां अपने सौतेले बच्चों को सगी मां की तरह प्यार दे रही है। इससे खुश होकर सम्राट ने मां को कुछ राजकीय अधिकार दे दिए। इस प्रकार राजकाज में दखलंदाजी करने की मां को छूट मिल गई। मां के आदेश से मैं भी ब्रिटेगेकस और एंटोनिया से मिलता रहता। हम लोग हम उम्र से थे–ब्रिटेनीकस मुझसे कुछ वर्ष छोटा था, पर एंटोनिया तीन वर्ष बड़ी थी। मां के आवश्यकता से अधिक मृदुल व्यवहार से लगता कि राजा के दिल में मेरे लिए कोई दुराग्रह नहीं था। मुझे वह साफ और सच्चा आदमी लगा।

क्लाडियस के ऊपर मां ने इस बात के लिए दवाब बनाना शुरू किया कि वह मुझे अपना उत्तराधिकारी घोषित कर दे, पर सम्राट नहीं माना। अपने पुत्र के रहते एक अज्ञात कुल-शील के सौतेले बेटे को वह आखिर राज्य का उत्तराधिकारी घोषित भी कैसे कर सकता था। इसके पहले कि सम्राट अपने पुत्र ब्रिटेनीकस को अपना उत्तराधिकारी घोषित करे मां ने अपनी कुटिल चाल चलने की तैयारी शुरू कर दी। अंततः एक दिन उसने सम्राट के प्रिय भोज्य पदार्थ 'मशरूम' में जहर मिला दिया। उसे खाकर दुखांत नाटक के एक प्रमुख पात्र की तरह क्लाडियस का अंत हो गया। मां ने मुझे समझाया कि उसकी मृत्यु से ही रोम का उद्धार हो सकता है। लोकहित में उसका निधन उचित है।

पूर्व निश्चित योजना के अनुसार सम्राट की मृत्यु की घड़ी में एंटोनिया या ब्रिटेनीकस में से कोई उसके पास नहीं थे। वैसे वे थे राजमहल में ही। मृत्यु के समय राजा के कक्ष में मां के अतिरिक्त सिनेका, मां का व्यक्तिगत डॉक्टर तथा एक अन्य संभ्रात व्यक्ति (जिसका नाम मुझे नहीं बताया गया) मौजूद थे। मेरी भी उपस्थिति वहां अनिवार्य नहीं समझी गई। क्लाडियस की मृत्यु हो गई। सम्राट की मृत्यु की घोषणा राजमहल के प्रवक्ता ने की और साथ ही उसने यह भी घोषित किया कि राजा ने मरने के पूर्व अपने पूर्ण होशो-हवाश में नीरो को अपना उत्तराधिकारी घोषित किया है। सिनेका ने सबसे पहले उन असंतुष्ट सीनेटरों को यह समाचार दिया जो मां के खेमे के थे। उसके बाद राजा की मृत्यु का समाचार धीरे-धीरे पूरे रोम में फैल गया और साथ ही मेरे उत्तराधिकारी बनने की बात भी। जनता नें सहज रूप से दोनों समाचार ग्रहण कर लिए। मां के गुप्तचरों ने बताया कि कहीं भी शंका या विरोध के स्वर नहीं उठ रहे हैं। मुझे और मां को सारा काम इतनी शांति से निपट जाने की कतई आशा नहीं थी।

बहुत शानदार तरीके से सम्राट की अंत्येष्टि की गई। मां शोक की प्रतिमूर्ति बनी रही, परंतु उसने सम्राट के बच्चों को सांत्वना दी, जिससे वह ऐसे नाजुक मौके पर टूट न जाएं। अंत्येष्टि के दूसरे दिन मुझे विधि-विधान से सम्राट बना दिया गया। समारोह में ब्रिटेनीकस और एंटोनिया भी

उपस्थित थे। ऐसा लगता था जैसे उन बेचारों ने नियति के सम्मुख अपना सिर झुका दिया हो। मुझे लगा कि एंटोनिया को यह आभास है कि उसके पिता की मौत स्वाभाविक नहीं है भले ही गत कुछ महीनों से वह शराब में डूबे रहते थे। मां ने राजा की मृत्यु से पहले यह बात सीनेटरों और सेना के अधिकारियों तक बड़े सहज रूप से पहुंचाई कि राजा रात-दिन आकंठ मदिरा में निमग्न रहता है।

सम्राट बनने के बाद मैंने मां के कहने पर अपने शिक्षक सिनेका को कई महत्वपूर्ण राजकीय पदों पर बैठाने का पुरस्कार दिया। हैरेस को जब मैंने अपना अंगरक्षक नियुक्त किया तो सिनेका ने मां के सम्मुख ही इसका विरोध किया। मां ने उसे डपट दिया। हैरेस को लेकर सिनेका का कहना था कि पैर की धूल को सिर पर नहीं बिठाना चाहिए। मुझे आश्चर्य हुआ कि यह कहने से पहले मेरे गुरु ने यह नहीं सोचा कि आज का सम्राट, मैं भी तो कल पैर की धूल ही था। आज मैं रोम के सिर पर विराजमान हूं। खैर, मां ने जिसे जो-जो बनवाना चाहा मैं बिना चूं-चपड़ किए उसकी बात मानता गया। मैंने गौर किया कि मां धीरे-धीरे अपने शत्रुओं का सफाया कर रही थी और विश्वासपात्रों को और शक्तिशाली बना रही थी। इसमें भला मुझे क्या एतराज हो सकता था।

ईसा का 54वां साल चल रहा है। मैं 17 साल का हो चुका हूं। सिनेका ने मुझे सलाह दी कि मैं किसी न किसी बहाने जनता के समक्ष बार-बार जाऊं ताकि जनता द्वारा स्वीकृत हो सकूं। बात सही थी। इधर मैं भी सम्राट के रूप में अपना रोब-दाब दिखाना चाहता था। मैंने यह बात हैरेस को बताई। उसने कहा कि जैसा मैं चाहूंगा वैसा ही किया जाएगा क्योंकि मैं सम्राट हूं। मैं अक्सर यह भूल जाता हूं कि मैं सम्राट हूं। हैरेस में एक विशेष गुण यह था कि वह कभी सलाह नहीं देता था। मैं कभी सलाह मांगता भी तो कहता कि इस राज्य में राजा की इच्छा सर्वोपरि है। इन बातों का नतीजा यह हुआ कि मुझे कभी-कभी मां की दखलंदाजी खलने लगी।

सिनेका और मां की गुप्त मंत्रणाएं होने की खबर मुझ तक आ जाती पर यह पता नहीं चल पाता कि वे लोग क्या खिचड़ी पका रहे हैं और सही

बात तो यह कि मैं जानना भी नहीं चाहता था। मैं चाहता तो बहुत कुछ मालूम हो सकता था क्योंकि मां की खास सेविका मेरे सेवक हैरेस की चहेती थी। मैं आश्वस्त था कि मां मेरे विरुद्ध कोई षडयंत्र कर ही नहीं सकती थी क्योंकि उसकी सारी शक्तियां मेरे सम्राट होने और इसी रूप में बने रहने में निहित थी।

मैंने कैंपस मेरीटियस जाने की इच्छा हैरेस को बताई, जहां जंगली जानवरों और मानवों की लड़ाई होती थी। ये खेल पूरे रोम में 150 कैंपसों में सरकार द्वारा आयोजित किए जाते थे, जिन्हें सरकस कहा जाता था। सिनेका ने बताया कि सरकार खेलों का आयोजन इसलिए करती है कि रोम के डेढ़ लाख बेकार लोग इन खेलों को देखकर अपने को भूले रहें और कोई उपद्रव न खड़ा करें। इसके अलावा 'सरकस मैक्सिमस' में रथों की खतरनाक दौड़ आए दिन होती रहती थी। इस सरकस के प्रेक्षागर में दो लाख साठ हजार तक दर्शक एकत्र हो सकते थे। रथों की दौड़ आदि खेल देखने में ही रोमवासी आधा साल गुजार देते थे। मुझे याद है मैंने सिनेका से पूछा था कि बेकार लोगों को क्या भूख नहीं लगती, आखिर खेल-मनोरंजन उनका पेट तो नहीं भर सकते, उन्हें भरमाए भले ही रखें। इस प्रश्न के उत्तर में सिनेका से मुझे रोम के सामाजिक ढांचे की मूलभूत जानकारी मिली। मैं समझता हूं यह वास्तव में कलंक की बात है कि लोग दूसरों की दया पर जिंदा रहें।

रोम में दो तरह के लोग होते हैं–एक नागरिक और दूसरे साधारण प्रजा के लोग। समाज तीन वर्गों में बंटा है–उच्च वर्ग, व्यवसायी वर्ग और निम्न वर्ग। कम आय वाले लोग और मुक्त किए गए दास निम्नवर्ग में शामिल हैं। मुक्त-दासों को पूरे नागरिक अधिकार भी नहीं प्राप्त हैं। परिवार और वर्ग के अलावा संरक्षक और संरक्षित का एक और समूह था। उच्च वर्ग या व्यवसायी वर्ग का कर्तव्य था कि वे निम्न वर्ग के लोगों के कल्याण का व्रत लें और उन्हें आर्थिक व कानूनी सहायता दें, उनकी लड़कियों की शादी में दहेज की व्यवस्था करें। इसके बदले में संरक्षित यानी सहायता-प्राप्त लोग अपने संरक्षकों को राजनीतिक समर्थन देते रहें।

बेकार लोग सुबह 7 से 9 के बीच अपने संरक्षकों के घर जाकर उन्हें

सलाम करते हैं, 'स्वामी' कहकर उन्हें संबोधित करते हैं और उनसे अपनी निर्दिष्ट राशि लेकर वापस चले जाते। मजा यह कि वे संरक्षित लोग भी कुछ लोगों के संरक्षक होते और स्वयं को दान में मिले धन में से कुछ उन्हें देते।

जब से मैं सम्राट बना हूं मेरा मन सामाजिक समस्याओं की ओर आकृष्ट हुआ। मैं चाहता गरीब लोगों के लिए कुछ काम हो सके, उन्हें अपना जीवन-स्तर सुधारने का मौका मिले और वे खतरनाक खेल देखने के स्थान पर कला की ओर उन्मुख हों, पर मैं ऐसे चक्र में था जहां शक्ति को दया से विछिन्न कर दिया गया था ताकि महानता का सदुपयोग न किया जा सके।

मैं कहां से कहां भटक गया। मैं कह रहा था कि मैंने हैरेस को बताया कि मैं कैंपस जाकर खेल देखना चाहता हूं। इसी बहाने मैं महल की कैद से आजाद होकर रोम की सड़कों पर घूमना चाहता था, जनता के बीच पहुंचना चाहता था। हैरेस ने कहा कि वह उचित प्रबंध करेगा क्योंकि सार्वजनिक स्थलों पर सम्राट कभी अकेले नहीं जाता–साथ में राजमाता तो होंगी ही राजकुमार ब्रिटेनीकस और राजकुमारी एंटोनिया को भी चलना होगा ताकि जनता समझे कि राज परिवार में किसी प्रकार का विग्रह नहीं है। मैं हैरेस की बात का कायल हो गया और दूर तक की सोचने के लिए उसे पुरस्कृत किया।

जैसा कि मैं आशा कर रहा था दूसरे ही दिन मां मेरे कक्ष में आई। उनके आते ही हैरेस बाहर चला गया। मेरा हाल-चाल पूछने के बाद मां ने मेरे कैंपस जाने का सीधा विरोध न करते हुए मुझे समझाया कि जब तक ब्रिटेनीकस का कांटा दूर नहीं होता मुझे जनता के समक्ष नहीं जाना चाहिए। मां का कहना था कि अंदर ही अंदर रोम की जनता यह महसूस करती है कि ब्रिटेनीकस के साथ अन्याय हुआ है और सीधी बात यह है कि अन्याय का कारण हमें ही समझा जा रहा है। हो सकता है कि लोगों के उकसावे में आकर ब्रिटेनीकस कल को राज्य पर अपना अधिकार जताने लगे।

मैं मां की बात से सहमत था और कैंपस जाने का कार्यक्रम मुझे रद्द

करना पड़ा। उसी समय तय हो गया कि आगे हमें क्या करना है। किसी भयानक कार्य के आरंभ से उसके समाप्त होने तक का समय कितना घृणित दुःस्वप्न-सा होता है। तीन दिन बाद ब्रिटेनीकस की मृत्यु हो गई। लोग कयास लगाने लगे कि मृत्यु स्वाभाविक थी या किसी षड्यंत्र के तहत हुई और राजमाता व सम्राट की ओर भला कौन उंगली उठा सकता था। क्लाडियस को मरे एक वर्ष भी नहीं हुआ था कि उसका बेटा भी उसकी बगल वाली कब्र में जा लेटा।

कुछ दिनों तक राजमहल में पहले जैसी उदासी छायी रही। राजकीय शोक मनाया जाता रहा। मैं समझता हूं बेचारी एंटोनिया ने सीने के ऊपर पत्थर रखकर पिता के बाद अब भाई का विछोह सहा होगा। पिता के जाने और मेरे राजपद हड़पने के बाद भाई ही उसका एकमात्र सहारा रह गया था, वह भी चला गया। मैंने उसके दुख को, उसके दर्द को महसूस किया और निश्चय किया कि बेचारी एंटोनिया की मौत कम से कम हमारे हाथों नहीं होगी पर भावावेश में लिए गए निर्णय क्या टिक पाते हैं?

ग्लेडियरों की भयानक लड़ाई देखने मैं नहीं गया, उससे भी ज्यादा वीभत्स खेल तो राजमहल मे खेला जा चुका था। थोड़े ही दिनों बाद सब कुछ सामान्य हो गया। जीवन की अपनी धारा होती है जो कभी रुकना नहीं जानती। चाहे दुख के, चिंता के, डर के पहाड़ जैसे अवरोध सामने क्यों न आएं–यह धारा तो सभी अवरोधों को काटकर चलती रहेगी, बढ़ती रहेगी।

मैंने एंगोनिया को बहुत करीब से केवल दो अवसरों पर देखा था–पहले उसके पिता और फिर भाई की मृत्यु पर। शोक के समय औरतें अपना आपा खो देती हैं और उनका सौंदर्य अनावृत हो जाता है। उन्हीं क्षणों में यौवन-भार से लदी सद्य प्रस्फुटित कलिका की तरह एंटोनिया ने मुझे आकर्षित किया और सच कहूं तो वह मेरे मन में बस गई। मुझे लगता संसार का सारा सौंदर्य उसी में सिमटकर आ गया है। सोचता कि बिना मांगे ईश्वर ने मुझे रोम का सिंहासन दे दिया तो क्या मांगने पर एंटोनिया रूपी फूल मेरी झोली में नहीं डालेगा? पर कुछ उपाय तो करना होगा।

मैंने मां से जब एंटोनिया के साथ शादी करने की इच्छा जाहिर की तो मेरी आशा के विपरीत उसने यह प्रस्ताव तत्काल मान लिया। मैं तो चकित हो गया और मेरी बेचैनी को उसकी पारखी दृष्टि ने पकड़ लिया। शायद वह मेरे उहापोह को समझ गई तभी उसने मेरे प्रस्ताव को ऐतिहासिक संदर्भों से जोड़कर उसे नैतिक आधार प्रदान करते हुए बताया कि राजवंशों में भाई-बहन में शादियां होती हैं। उसने बताया, "सौ वर्ष पहले मिस्त्र की 15 वर्षीय महारानी क्लियोपेट्रा का विवाह उसके सगे भाई के साथ हुआ था जो उम्र में उससे पांच वर्ष छोटा था। एंटोनिया उम्र में तुमसे तीन वर्ष बड़ी है और वह सौतेली बहन है–खून का रिश्ता तो कतई नहीं है।' मां की बातों से मैं आश्वस्त हो गया कि अब एंटोनिया मेरी होकर रहेगी।

मां ने बड़े सीधे-साधे तरीके से एंटोनिया के पास मेरी शादी का प्रस्ताव पहुंचाया। हमारी आशा के विपरीत उसने शादी से दृढ़तापूर्वक इंकार कर दिया। सुना तो यहां तक गया कि उसने दबी जुबान से यह तक कहा कि अपने पिता और भाई के कातिल से शादी रचाने की जगह वह मरना पसंद करेगी।

उसकी प्रतिक्रिया जायज थी, पर मैं निराश नहीं हुआ। मैं जानता था एंटोनिया यह महसूस कर रही होगी कि वह खतरों से घिरी है अतः हम, मैं और खासकर मां, उस पर यह दबाव बनाए रहे कि वह मुझसे शादी के लिए हां कर दे। कड़ी धूप निकलने पर ही सांप बांबी से निकलता है, परंतु वह टस-से-मस नहीं हुई। मैंने हैरेस को विश्वास में लिया। उससे कई किंतु निराशाजनक जानकारी यह मिली कि एंटोनिया की निजी परिचारिकाएं तक उसे मनाने में लगी हैं फिर भी कोई नतीजा निकलता प्रतीत नहीं होता। मैं समझ गया कि यह जाल भी मां ने फैलाया होगा। प्रेमी, खासकर असफल प्रेमी, बड़ा संदेहशील होता है। मैंने सोचा कि यह बात हैरेस को कैसे पता चली? क्या एंटोनिया से उसका गुप्त संपर्क है और अगर है तो निःसंदेह यह मामला प्यार का है। मैंने अपनी शंका हैरेस के सामने रखी तो उसने बताया कि वह बातें उसे राजमाता की सेविका हनी ने बताई हैं। मुझे मालूम था कि हनी और हैरेस में प्यार चल रहा था। इस मामले में सब लोग चुप इसलिए

थे कि वे दोनों शादी करने का निश्चय कर चुके थे और उनके परिवार भी इस संबंध के लिए राजी थे।

अचानक एंटोनिया ने एक युवक से शादी करने की घोषणा कर दी। प्रचलित परिपाटी के तहत हम इस विवाह का विरोध नहीं कर सके। घोषणा की गूंज अभी थमी नहीं थी कि शादी संपन्न हो गई। इस मामलें में एंटोनिया हमसे ज्यादा चालाक निकली। उसने राज-पुरोहित को विश्वास में ले लिया। राज-पुरोहित का विरोध करना हमारे लिए उचित न होगा, मां की यही राय थी। एंटोनिया ने विवाह तो कर लिया पर राजमहल नहीं छोड़ा। शायद किसी ने उसे यह नहीं पढ़ाया कि शुतुरमुर्ग की तरह रेत में सिर छुपा लेने से शिकारी पीछा नहीं छोड़ देते।

मां से सलाह हुई। मेरा कहना था कि एंटोनिया की सुहागरात से पहले उसके पति को चलता कर दिया जाय। मां समझ गई कि शायद एंटोनिया को मैं अपने लिए कुंआरी बनाए रखना चाहता हूं। मां ने कहा कि हमें जल्दी नहीं करना चाहिए। उसने मुझसे कहा, 'नीरो, अब तुम एंटोनिया को पाने का ख्वाब छोड़ दो। हमारे खेल में वह एक मोहरा-भर है, जिसे हमें मैंदान से बाहर करना है। एंटोनिया जैसी हजारों लड़कियां तुम्हारे तलुवे चाटने को लालायित हैं। तुम सुंदर हो, जवान हो और उससे बढ़कर सम्राट हो। हमारी तरफ से ऐसा कोई कदम नहीं उठाना चाहिए जिससे हमारा अस्तित्व और हमें मिला हुआ राजपाट समाप्त हो जाय।' मां ने एक तरह से मुझे नंगा करके वास्तविकता के आईने के सामने खड़ा कर दिया। उसका आवश्यकता से अधिक आत्म-विश्वास देखकर मुझे किसी षड्यंत्र की बू आने लगी।

यह तय हुआ कि भविष्य में प्रयोगार्थ जहर की शीशी एंटोनिया के लिए सुरक्षित रखी जाय, पर उसके पति को तत्काल किसी और विधि से चलता किया जाय। बाद में यह काम सिनेका को सौंपा गया। इस संसार में अच्छाई द्वेष के जबड़ों में पड़े बिना नहीं रहती। उसने झूठे आरोप लगाकर एंटोनिया के पति को फांस लिया। उस पर मुकदमा चला और राजद्रोह के अपराध में उसे फांसी की सजा दे दी गई।

एंटोनिया फिर अकेली रह गई, लेकिन वह भी अजीब जिद्दी लड़की

निकली। उसने किसी अन्य युवक से दूसरी शादी कर ली। मां ने उससे ज्यादा बरसातें देखी थी। उसके हाथों दूसरे पति का वही हाल हुआ जो पहले का हुआ था। राजमहल में मौतो का यह सिलसिला बढ़ता न जाए अतः इस पर अब विराम लगाना जरूरी हो गया। मैं स्वयं एंटोनिया से निराश हो चुका था, लेकिन दिल ही दिल में उसे अब भी चाहता था। मां मुझे भड़काती रहती कि एंटोनिया अब भी कुंआरी है–शादियां तो उसने दिखावे के लिए की थी। सच कहूं तो मेरा मन उसे पाने के लिए मचल उठा। मां से छिपा कर मैंने एक बार फिर उसके पास शादी का प्रस्ताव भेजा। प्रस्ताव ले जाने वाली हनी को एंटोनिया ने खूब लताड़ा और उसे मारने पर उतारू हो गई। हैरेस को इस घटना से चोट पहुंची और पूरा किस्सा बताते-बताते उसका क्रोध आंखो से चू पड़ा। इस अवसर का लाभ उठाते हुए मैंने कहा, "हैरेस, जी तो करता है कि जबरदस्ती एंटोनिया को अपने पलंग पर डाल लूं, फिर चाहे जो कुछ हो है।' रेस ने यह सुनकर अपना सिर नीचा कर लिया जिसका मतलब था कि एंटोनिया से जोर-जबरदस्ती करने में वह मेरा साथ न देगा। मेरा असफल प्रेम प्रतिशोध की ज्वाला में जल रहा था और एंटोनिया मेरे लिए खूंटे से बंधी उस भेंड़ की तरह हो गई थी जिसे उसके दुश्मन कुत्तों की तरह घेर लेते हैं।

मां तो मेरे इशारे का इतंजार कर रही थी। मेरे कहने के दूसरे दिन एंटोनिया की इहलीला समाप्त हो गई। उसकी अंत्येष्टि के बाद मैं कई दिन तक अपनी बेचैनी को शराब में डुबोए रहा।

मेरे गुप्तचरों ने खबर दी कि रोमवासी महल में हुई मौतों को साजिश से की गई हत्याएं मानते हैं। इसके लिए रोम की जनता मुख्य रूप से मेरी मां एग्रिप्पा को दोषी मानती है। वह समझती है कि मां मेरी आड़ में सत्ता का खेल खेल रही है। इसका मतलब यह है कि मां को अगर दृश्यपटल से हटा दिया जाय तो मेरे प्रति जनता में कोई विपरीत प्रतिक्रिया न होगी। शायद उन्हें इससे खुशी ही हो। अभी तक राज-परिवार में हुई हत्याओं की मां सूत्रधार रही है, अतः वह उनकी साक्षी है। इस कारण उसकी उपस्थिति मेरे लिए सदैव खतरे की घंटी बनी रहेगी। इधर उसकी रंगरेलियां भी बढ़

गई हैं। अपनी सुरक्षा के प्रति वह अतिरिक्त सावधानी रखती है। आखिर वह किससे सशंकित है और जीवन के सब भोग कम से कम समय में क्यों पा लेना चाहती है? क्या उसके पास समय कम है?

हैरस ने खबर दी कि राजमाता कुछ भयभीत-सी रहती हैं। मैंने गौर किया कि आजकल वह मुझसे भी कम मिलती हैं। यह ठीक है कि मैंने उसे ठिकाने लगाने का इरादा कर लिया है, पर वह मेरे दिल की बात कैसे जान सकती है? लेकिन मां जरूर बदल गई है। लगता है मैं भी बदल गया हूं, मां के प्रति मेरा लगाव, व्यवहार अब पहले जैसा नहीं रहा। हो सकता है मेरे इस परिवर्तित व्यवहार से मां ने मेरे दिल की बात जान ली हो। आदमी जब कोई भयंकर निर्णय ले लेता है तो उसका व्यवहार सामान्य नहीं रह पाता। मेरे सामने एक कठोर परिस्थिति मंडरा रही थी।

उस रात को मैं सो नहीं पाया, सुबह होने का बेचैनी से इंतजार करते हुए रात भर मैं सीने पर हाथ बांधकर अपने कक्ष में टहलता रहा। सुबह जिस सूचना को प्राप्त कर मुझे आंसू बहाने थे वह खबर नहीं मिली। रात को खाने में दिया गया जहर मां पर बेअसर रहा। वह सुबह देर से सोकर उठी, पर उठी। मुझे बड़ा आश्चर्य हुआ कि वह मरी क्यों नहीं! क्या जहर नकली था? नहीं नकली कैसे हो सकता, इसी से क्लाडियस, ब्रिटेनीकस, एंटोनिया सभी ऊपर चले गए तो मां पर यह कैसे बेअसर हो सकता है। मां का बचना अवश्य ही जांच का विषय था।

जांच से पता चला कि कई महीनों से मां जहर की हल्की खुराक रोज लेती थी ताकि उसे मारने के लिए दिया जाने वाला जहर असर न करे। इस सावधानी ने उसे ऐसे ही बचा लिया जैसे एक दिन हमारे पूर्वज ईनीस ने ट्राय की धू-धू करके जलती हुई लपटों में से निकालकर वृद्ध एन्साइजीज की रक्षा की थी।

मां चौकन्नी हो गई। कुछ लोग बड़ी सख्त-जान होते हैं। मेरी मां भी उनमें से एक है। जहां वह सोती थी उस कक्ष की छत धीरे-धीरे काट दी गई और एक रात उसके उपर गिरा दी गई, लेकिन वह बच गई। मां को नौका-विहार का शौक था। एक बार मेरे आदेश से उसे एक विशेष प्रकार

की नौका दी गई। योजनानुसार नौका बीच नदी में पहुंचकर स्वतः टूट गई। पर बहादुर मां तैर कर नदी के किनारे आ गई और उसे मारने का मेरा मंसूबा एक बार फिर डूब गया।...

अंततः एक दिन मेरी आज्ञा से मां को फांसी दे दी गई। उस पर राजद्रोह का आरोप लगाया गया था। राजद्रोह जैसे अपराध का सिर्फ एक ही दण्ड है–सजाए मौत, जिसे मेरे पूर्ववर्ती सम्राटों ने निर्धारित किया था। अगर कहीं आंखें मिल जाती तो उसकी आंखें यह कह-कहकर जिंदगी भर परेशान करती रहती–'प्यारे नीरो, मैंने जो कुछ भी किया सिर्फ तेरी भलाई के लिए किया, उसका बदला तूने मुझे ये दिया।'

ओफ्फ! मुझे इस समय शराब और शबाब दोनों की सख्त जरूरत महसूस हो रही है ताकि मैं अपने को पस्त कर लूं। स्वयं को भूलने का यही तरीका है। डायरी लिखना बंद करूँ और किसी को बुलाऊं।

कला की दुनिया

सिनेका को कला की समझ नहीं है। मां के जाने के बाद इधर वह उखड़ा-उखड़ा-सा रहता है। कला संबंधी मामलों के सलाहकार के रूप में मैंने पैट्रोनियस की नियुक्ति कर ली है। मूलतः वह उपन्यासकार है। उसने युवा कवि मार्शल और एक अन्य कवि जुबेनाल से मुलाकात कराई। मार्शल ने मेरी प्रशंसा में एक स्वरचित रचना सुनाई। कविता में भोंड़ापन नहीं था जो अक्सर स्तुति-गान में होता है। इसके अलावा उसने कई चुभते व्यंग्य सुनाए जो रोम के तथाकथित प्रसिद्ध धनी स्त्री-पुरुषों पर लिखे गए थे। जुबेनाल संयत कवि था। पैट्रोनियस ने बताया कि मार्शल और जुबेनाल दोनों गरीब हैं। मैंने तत्काल उनकी आर्थिक सहायता की।

पैट्रोनियस ने अपना लिखा हुआ उपन्यास 'सेट्रीकोन' मुझे भेंट किया। मैंने उसे पढ़ने का वादा किया और उस पर चर्चा करने की बात कही। मेरी इन बातों से पैट्रोनियस बहुत खुश हो गया।

मुझे बचपन से ही गाने का शौक रहा है। संगीत की विधिवत शिक्षा तो मैंने कभी नहीं ली परंतु स्वतःस्फूर्त गायक बन गया। मां मेरा गाना पसंद

नहीं करती थी अतः उसने मुझे लीरा (बांसुरी-की तरह एक वाद्य) बजाने को प्रोत्साहित किया। धीरे-धीरे लीरा मेरे दुखों से जुड़ गई। जब कभी मुझे दुःखद समाचार मिलता और मेरा मन अवसादग्रस्त हो जाता मैं घंटों लीरा बजाता रहता। इससे मुझे राहत मिलती। एंटोनिया और मां के निधन पर मैंने लीरा बजाई थी, इससे जाहिर है उनकी मौत से मुझे दुख पहुंचा था, भले ही उनकी मृत्यु का कारण मैं था। हैरेस ने बताया उस समय मेरी लीरा से बड़े करुण स्वर निकल रहे थे। मैंने पैट्रोनियस से कहा कि मैं सार्वजनिक रूप से अपनी संगीत कला का प्रदर्शन करना चाहता हूं। पैट्रोनियस मेरे साथ काफी बेतकल्लुफ था—मैंने ही उसे इतनी आजादी दी थी। पहले तो उसने कहा कि मेरी आज्ञा का पालन होगा और वह शीघ्र ही थियेटर का प्रबंध करके प्रदर्शन की तिथि तय कर लेगा, परंतु साथ ही उसने दबी जुबान से बताया कि परंपरावादी रोमवासी किसी संभ्रात व्यक्ति द्वारा सार्वजनिक मंच से कार्यक्रम प्रस्तुत किए जाने को अक्षम्य अपराध मानते हैं। यह सुनकर मेरा सम्राटत्व जाग उठा और मैंने कहा कि मैं इन दकियानूसी बातों की परवाह नहीं करता।

मेरे कार्यक्रम के लिए पैट्रोनियस ने थियेटर में भव्य आयोजन किया। हाल खचाखच भरा था। पैट्रोनियस ही कार्यक्रम का संचालन कर रहा था। पहले मैंने अपना गायन पेश किया। उसके बाद मां को श्रंद्धाजलि देते हुए बांसुरी वादन का कार्यक्रम दिया। खूब तालियां मिलीं श्रोता बड़े अनुशासित ढंग से अंत तक बैठे रहे। बाद में हैरेस ने बताया कि कार्यक्रम के दौरान किसी को थियेटर के बाहर जाने की इजाजत नहीं थी। यहां तक कि एक औरत को थियेटर में ही बच्चा हो गया, फिर भी उसे बाहर नहीं जाने दिया गया। मैं समझ गया कि हैरेस प्रकारांतर से पैट्रोनियस की शिकायत कर रहा है। मैंने मामले को दबा देने की मंशा से कहा कि कला के लिए कुछ त्याग तो करना ही पड़ता है। रोम की जनता को तो गर्व होना चाहिए कि उनका सम्राट एक बहुत बड़ा कलाकार है। पैट्रोनियस ने बताया कि दिवंगत सम्राट क्लाडियस न तो संगीत को पसंद करते थे और न खेलों को। वह बहुत कम मुस्कुराते थे। जनता उन्हें इसी कारण पसंद करती थी। मुझे इस बात पर

क्रोध आ गया। मैंने जलकर कहा कि कौन कहता है कि वह मुस्कुराते नहीं थे। हां जब भी मुस्कुराते थे ऐसा लगता था कि अपना ही उपहास कर रहे हों।

जिस दिन मैं कैंपस मेरिटियस में खेल देखने गया, मां और एंटोनिया की बहुत याद आई। पहली बार जब मैंने खेल देखने की चर्चा चलाई थी तब यही तय हुआ था कि पूरा राज-परिवार साथ जाएगा, पर मां की आपत्तियों के कारण तब नहीं आ पाए थे। गोल आकार का बना यह कैंपस, जिसे थियेटर भी कहा जाता था, नाटकों के लिए प्रसिद्ध नहीं था बल्कि यह मशहूर था ग्लेडियरों के खूनी द्वंद्व-युद्ध के लिए, गुलाम और शेर के बीच होने वाली लड़ाई के लिए। यानी कि पाशविक विभीषिका में आनंद लेने वाले लोगों का यह सम्मिलन-स्थल था।

दिन का प्रारंभ नृत्य प्रदर्शन से हुआ। नृत्य वास्तव में शानदार था। सबसे बड़ी बात यह कि अंग प्रदर्शन कतई नहीं था जैसा कि नाचपघरों में होता है। उसके बाद वन्य पशुओं के शिकार का प्रदर्शन हुआ। फिर मृत्युदंड पाए कैदियों को लाया गया। उनमें से जो शरीर से कमजोर थे उन्हें सूली पर लटका दिया गया। अन्य कैदियों को भूखे शेरों के सामने डाल दिया गया। उनकी चीखों से पूरा कैंपस गूंज उठा।

दोपहर के बाद चमकीले कवच पहने और हथियार उठाए ग्लेडियर मैदान में उतरे। ढोल बजने लगे। दर्शक चिल्लाने लगे, 'ओ मरने वालों तुम्हें सलाम।' लेकिन अधिकांश ग्लेडियर मरते नहीं, वे अगला खेल दिखाने के लिए जीवित रहते। हां लड़ते समय जान से हाथ धोने का खतरा तो रहता ही। यही खतरा मनोरंजन की जान होता।

जो ग्लेडियर मैदान में उतरे हैं उनके बारे में बताया जा रहा है कि उन्होंने कितने प्रदर्शनों में भाग लिया है, कितनी जीते हासिल की हैं। मुझे इसमें कोई रुचि नहीं है। हैरेस ने मेरी मनःस्थिति भांप ली है। वह बताने लगा कि ये ग्लेडियर या तो नीच जाति के होते हैं या गुलाम अथवा अपराधी या युद्ध बंदी सिपाही होते हैं। ग्लेडियर शब्द 'ग्ले' से निकला है जो रोमन सैनिकों द्वारा प्रयुक्त की जाने वाली बारह इंची तलवार होती है। ग्लेडियर

इसका प्रयोग तब करते हैं जब बड़े हथियार छोड़कर वे गुत्थमगुत्था हो जाते हैं। ये लोग व्यावसयिक होते हैं अतः मारे कम जाते हैं। इनके 'लेनिस्टी' (प्रायोजक) इन्हें खरीदते हैं या भरती करते हैं। प्रशिक्षण केंद्रों पर कठोर अनुशासन में रखते हुए इन्हें प्रशिक्षण देते हैं। शरीर को भारी और सुदृढ़ बनाने के लिए इन्हें उपयुक्त भोजन (दाल और जौ) दिया जाता है।

ग्लेडियर गुलामों के बराबर होते हैं, परंतु इनके पैरों में दासत्व सूचक कड़ा नहीं पड़ा होता है। इन्हें मजबूर नहीं किया जाता कि वे अंतिम सांस तक लड़ें। उनके पौरुष के प्रति आकर्षित करने के लिए इनके 'इरोस' या 'नारकिसस' जैसे नाम रखे जाते हैं। इनके मैदान में आते ही औरतें आहें भरने लगती हैं। एक भद्र महिला तो एक बदसूरत ग्लेडियर के साथ, उसकी तलवारवाजी पर फिदा होकर भाग तक गई थी। तब से औरतें दर्शक दीर्घा में पीछे बैठती हैं।...

तभी मैदान में सफेद पोशाक पहने रेफरी आ गया। लंबे बांस लिए उसके सहायक भी आ गए जिन्हें 'हारेनारी' कहा जाता है। बदन में गर्मी लाने के लिए दो ग्लेडियर जो अभी तक भोथरे हथियारों से लड़ रहे थे, उन्हें फेंककर अपनी तलवारें खींचकर खड़े हो गए। रेफरी के इशारे पर लड़ाई शुरू हो गई। ऐसा लग रहा था जैसे वे कोई पूर्व निश्चित नृत्य कर रहे हों। कुछ देर बार शिथिल पड़ रहे खिलाड़ी को हारेनारी ने बांस से कोंचा। लड़ते-लड़ते एक ग्लेडियर गिर पड़ा। उसने तलवार फेंक दी और हाथ ऊपर उठाकर तर्जनी खड़ी कर दी, जिसका अभिप्राय था कि उसने समर्पण कर दिया है। दर्शक चीख रहे हैं, चिल्ला रहे हैं जैसे उसके खून के प्यासे हों। कुछ आवाजें आ रही है 'इयूगुला', 'इयूगुला' (गर्दन काटो), तो कुछ लोग अपने टोगा (पोशाक) के किनारों को हवा में लहराते हुए कह रहे हैं–'मिस्मिओं (दया करो)।

द्वंद्व-युद्ध समाप्त हुए। विजेता सीढ़ियां चढ़कर मेरे सामने आए। मैंने उन्हें सम्मान के प्रतीक के रूप में ताड़ के पत्ते और सोने के सिक्कों से भरी थैलियां दी। गुलाम होने पर भी यह धन वे अपने पास रख सकते थे। आज

सर्वोत्तम प्रदर्शन करने वाले ग्लेडियर को मैंने फूलों की माला दी और एक पट्टिका दी, जिस पर उसका नाम अंकित था। इससे विदित होता था कि वह दासत्व से मुक्त हो गया है। उसके प्रयोजक को क्षतिपूर्ण के रूप में अलग से धन दिया गया।

कुछ ही देर में एक मदमस्त सांड से एक आदमी की लड़ाई शुरू हुई। दर्शकों ने जोर-जोर से अपने कर्कश हाथों से तालियां बजाकर चिल्लाना शुरू कर दिया। लोगों ने पसीने से भीगी अपनी टोपियां उछाल दी। दर्शकों के शोर से सांड और भी उत्तेजित हो रहा था। लड़ने वाला व्यक्ति आत्मरक्षा करते हुए लड़ रहा था। इसलिए दर्शकों को मजा नहीं आ रहा था। पहले तो वह शोर करते रहे, बाद में चिल्लाए–"उसकी गर्दन उड़ा दो, उसकी गर्दन उड़ा दो।" जैसा कि हैरस ने मुझे बताया मैंने स्वीकृति के रूप में अपने हाथ का अगूंठा ऊपर कर दिया। तत्काल कुछ लोगों ने आकर उस आदमी की गर्दन काट दी।

इसके बाद नीग्रो मैदान में आएं। वे लड़ते-लड़ते लहूलुहान हो गए। उनके काले शरीर पर लाल खून बड़ा वीभत्स दृश्य पैदा कर रहा था, पर लोग मजा ले रहे थे। कुछ समय बाद औरतों और बौनों की लड़ाई शुरू हुई। इस प्रकार के खेल दिन भर चलते थे, पर मैं इनसे ऊब चुका था और बीच में ही वहां से उठकर चल दिया।

थियेटर के बाहर दुकानें लगी थी। इन दुकानों पर रंग-बिरंगे शीतल पेय, 'बन' और चटनी तथा विभिन्न प्रकार के खाद्यान्न उपलब्ध थे। चोगा पहने और कानों तक लंबी टोपी लगाए लोग दुकानों के आसपास घूम रहे थे। मैं शाही रथ में बैठकर राजमहल की ओर चल दिया। एक स्थान पर बहुत भीड़ दिखाई दी, पूछने पर पता चला वहां सार्वजनिक स्नानगृह है, जिसमें 1600 लोग एक साथ स्नान कर सकते हैं। रास्ते में कुछ फोरम भी दिखाई दिए, जहां लोग व्यापार और मनोरंजन के लिए एकत्र होते थे।

इसी के साथ शहर की बदसूरती भी मेरे सामने आई। शहर की गलियों के नाम नहीं थे, मकानों के नंबर नहीं थे। गलियां कम चौड़ी और भीड़ भरी थीं, सड़क पर रोशनी करने की व्यवस्था नहीं थी, कहीं भी कूड़ेदान नहीं थे।

दिन में गलियों से रथ और व्यापारियों की गाड़ियां नहीं निकल सकती थी क्योंकि इससे रास्ता जाम हो जाता था। हैरेस ने वे स्थान भी दिखाएं जहां रात में वेश्वाएं उपलब्ध रहती थीं। 'हाय, मेरे देवताओं, यह रोम लगता है फिर से बसाना पड़ेगा,' अचानक मेरे मुंह से निकल पड़ा।

मुझे रोम से वितृष्णा-सी हो गई। मुझे लगता मैं सब कुछ छोड़कर कहीं और भाग जाऊं। मेरी दिमागी हालत देखकर पेट्रोनियस ने स्थान-परिवर्तन का सुझाव दिया। स्वीकृति देने से पूर्व मैंने हैरस से बात की। उसकी भी वही राय थी। एंटियम चलने की बात तय हो गई।

मैं अपने पूरे लाव-लश्कर के साथ एंटियम-पहुंच गया। मुझे यह जगह रोम से अच्छी लगी। मना करने के बावजूद हैरेस साथ आया। हनी से उसकी शादी हो चुकी थी। वे दोनों राजमहल में ही रहते थे। मां की विशेष सेविका को हनी की मां की मृत्यु के बाद भी नौकरी से अलग नहीं किया गया था। मैं चाहता था हैरेस अपनी पत्नी हनी के साथ मेरी अनुपस्थिति में राजमहल में ही रहे। अतः हैरेस लौट आया।

यहां मैं पूरे मौज से रहता। खूब लीरा बजाता, गीत गाता और गीत-संगीत की महफिलें जमाता। खाली समय में पैट्रोनियस का उपन्यास 'सेट्रीकोन' पढ़ता। उपन्यास के एक अध्याय ने इसके लेखक पेट्रोनियस को मेरी नजरों से गिरा दिया। उपन्यास का एक पात्र यूपोल्पस एक कहानी सुनाता है–ईफीसस में एक गुणवती शादी-शुदा औरत रहती थी। अचानक उसके पति की मृत्यु हो गई तो उसने खूब रोना-पीटना किया और समाधि-स्थल के तहखाने में पति के ताबूत के साथ बैठकर भूखी-प्यासी रहकर आंसू बहाती रही। पांचवे दिन उसी स्थान पर कुछ लुगेरों को क्रूस पर चढ़ा दिया गया। एक सिपाही उन लाशों की रखवाली के लिए लगाया गया। रात को उस सजीले नौजवान सिपाही ने समाधि-स्थल में रोशनी देखी। वह वहां गया और वहां का नजारा देखकर दंग रह गया कि एक खूबसूरत जवान औरत, भूखी-प्यासी एक मृत व्यक्ति के लिए रो रही है। उसने औरत को ढांढस दिया और भोजन और शराब उसे दी। काफी न-नुकुर के बाद औरत ने शराब पी और खाना खाया। फिर सिपाही के फुसलाने पर उसने अपनी

पवित्रता उसे सौंप दी। दो रातों तक यह सब चलता रहा। उधर क्रूस पर चढ़े एक व्यक्ति के रिश्तेदारों ने सिपाही को लापरवाह पाकर अपने आदमी की लाश क्रूस से उतार ली और उसकी अंत्येष्टि करने के लिए लेकर चले गए। अगले दिन सिपाही ने लाश गायब देखी तो उसका नशा हिरन हो गया। औरत के पास आकर सारी बातें बताते हुए उसने कहा कि इस लापरवाही के लिए उसका कोर्ट मार्शल होगा और उसे सूली पर चढ़ाया जाएगा। उसने कहा कि वह आत्महत्या करेगा। औरत ने कहा, 'ओ मेरे महबूब! घबराओ नहीं, ताबूत से निकाल कर मेरे पति की लाश क्रूस पर चढ़ा दो। फिर मेरे साथ चलो।'

मुझे लगा यह उपन्यास मेरी मां की बेवफाई की कथा है। मैंने पहले उपन्यास की पांडुलिपि नष्ट कर दी फिर पैट्रोनियस को सेवा से हटा दिया।

मुझे रोम का सम्राट बने दस वर्ष हो चुके थे। एक सवाल अक्सर मेरे जेहन में उठता–मैंने रोम के लिए क्या किया? दूसरे ही क्षण ऐसे सवालों को झटककर मैं अपने दिमाग से निकाल देता। ईश्वर ने मुझे राजा होने का अवसर दिया है, मैं प्राप्त सुखों को भोगूं–मुझे जनता से या रोम से क्या लेना देना।

रात देर से सोया। स्वप्न में एक मूर्ति देखी, पहचान नहीं सका मूर्ति किसकी थी। देखा कि मूर्ति में कई जगह छेद हो गए हैं और उनसे लाल-लाल लहू सोतों की तरह बह रहा है। एंटोनिया और ब्रिटेनीकस हंसते हुए आते हैं और अपने हाथ उस रुधिर में धोते हैं। मैं हड़बड़ाकर उठ बैठा। सोचा सुबह ज्योतिषियों को बुलाकर इस स्वप्न का अर्थ पूछूंगा। मुझे लगा यह अपशकुन है जो किसी संभावित दुर्घटना की ओर संकेत कर रहा है।

रोम से एक संदेशवाहक दुखद समाचार लाया है–रोम में भयंकर आग लग गई है। यह सुनकर मैं अवसादग्रस्त हो गया। चुपचाप जाकर छज्जे पर बैठ गया और ट्राय के विनाश का गीत गाने लगा। लीरा बजाने का मन नहीं हो रहा था। मन ही मन मैं इस अग्निकांड की तुलना ट्राय के विध्वंस से

करने लगा। संदेशवाहक को कक्ष से बाहर भेज दिया गया। चार दिन गुजर गए, किसी ने फिर मुझसे आग के बारे में बात नहीं की।

पांचवे दिन हैरेस मेरे पास आया। शाम का समय था। उसने विनीत स्वर में कहा, 'सम्राट, रोम में आग लगे आज पांच दिन हो गए हैं। पूरा नगर भस्म हो चुका है।" वह चुप हो गया तो उसे मैंने बोलते रहने के लिए कहा। हैरेस ने आगे बताया, 'आग सरकस मैक्सिमस से लगी, जो धीरे-धीरे पास ही रखे ज्वलनशील पदार्थों के पास पहुंच गई। तेज हवा के कारण पूरे शहर में फैल गई। आग अब भी धधक रही है।"

अगले दिन सुबह पता चला कि आग राजमहल को भी लपेट में लेने वाली है। हम लोग तत्काल रोम की ओर चल पड़े। हमारे पहुंचने तक आग पर काबू पा लिया गया था। राजमहल को कोई क्षति नहीं हुई थी, परंतु पूरे शहर में तबाही मच गई थी। बाजारों में उल्लू बोल रहे थे। लोगों का सब कुछ जल गया था और वे बेघरवार हो गए थे।

मेरी आज्ञा से अग्निकांड में तबाह लोगों को रहने के लिए राजमहल के उद्यान में अस्थायी निवास बना दिए गए। पड़ोसी नगरों से जीवन की आवश्यकता-पूर्ति का सामान मंगवाया गया, उपलब्ध अनाज का मूल्य कम कर दिया गया। मुझे बताया गया कि लोग राहत की सांस ले रहे हैं। सलाहकारों ने बताया कि ये उपाय लोकप्रिय होंगे। मुझे जनता से प्रेम नहीं था, पर बाह्याडंबर आवश्यक था। मैंने घोषणा कर दी कि रोम का पुनर्निर्माण मैं अपनी योजनानुसार कराऊंगा।

अग्निकांड की जांच के नाटक में ईसाई लोगों को दोषी करार दिया गया। सैकड़ों ईसाइयों को मेरी आज्ञा से दंडस्वरूप सार्वजनिक रूप से सूली पर चढ़ा दिया गया। अपने दिल में पनप रही ईसाइयों के प्रति नफरत मैंने इस प्रकार निकाली। कौन जाने वे दोषी थे भी या नहीं।

ईसा का 65वां साल चल रहा है। खबरें आ रही हैं कि सीनेट के ज्यादातर सदस्य बेचैन हैं, अशांत हैं। कुछ सदस्यों को मैंने जानवरों के पिंजड़े में कैद करके पिटवाया था। लगता है कुछ और सदस्यों का दिमाग दुरुस्त करना पड़ेगा।

इन्हीं दिनों मुझे पक्की सूचना मिली कि सीनेट के उकसाने पर कुछ लोगों ने मेरे विरुद्ध षड्यंत्र रचा है। मैंने तत्काल कारवाई की और षड्यंत्र को विफल कर दिया। पकड़-धकड़ हुई तो षड्यंत्रकारियों का सरगना मेरा पूर्व शिक्षक सिनेका निकला। उसे तथा उसके सहयोगियों को पकड़ लिया गया। क्लाडियस ने ठीक ही उसे सीनेट से निकाल बाहर किया था। वह विश्वास के योग्य नहीं था। मां ने उसे कई महत्वपूर्ण पद सौंपे थे। सिनेका वास्तव में मां की मृत्यु के बाद से मेरा विरोधी हो गया था। मां से उसे गहरा लगाव था और मां की मृत्यु का खास कारण सिनेका के प्रति उसका अनुचित लगाव था। आखिर मैं कितने बापों को सहन करता।

षड्यंत्रकारियों को बंदीगृह में डाल दिया गया क्योंकि उनके सीने में हमारे रहस्य छिपे थे और उनके विष वमन करने का यही समय था। मैं नहीं चाहता था कि उन पर खुली अदालत में मुकदमा चले। अतः उन्हें खत्म करने का मैंने एक नायाब तरीका सोचा–क्यों न ये लोग बंदीगृह में आत्महत्या कर लें। पहला निशाना सिनेका को बनाया गया। बंदीगृह में तेज चाकू और गरम पानी का टब हमेशा उपलब्ध रहने की व्यवस्था की गई। बंदियों को शरीरिक और मानसिक कष्ट देकर आत्महत्या के लिए प्रेरित किया जाने लगा। अंततः एक दिन सिनेका ने तेज चाकू से अपनी नसें काट डाली और गर्म पानी के टब में कूद पड़ा जिससे रक्तस्राव बहुत तेजी से होने लगा और कुछ ही समय बाद उसकी इहलीला समाप्त हो गई। शेष षड्यंत्रकारी भी उसी की राह चले गए। लोगों ने कहा कि देवताओं! तुमने आत्मघात की शक्ति देकर निर्बलों को भी शक्तिवान बना दिया है।

मैं समझता हूं कि राजा जब स्वयं असुरक्षित हो तो वह अपने को तंग घेरे में कैद कर लेता है; उसका दृष्टिकोण संकुचित हो जाता है और प्रतिक्रिया के रूप में वह दमनचक्र चलाने लगता है। पहले षड्यंत्र के बाद संदेह में बहुत लोग मार डाले गए, कुछ लोग कठिन यातनाएं भोगने के लिए कारागार में डाल दिए गए। चारों ओर त्राहि-त्राहि मच उठी। मेरे इशारे पर जो कुछ हो रहा था वह उससे कहीं ज्यादा था जितना मैं चाहता था। मेरे

अपने आदमी, मौका मिलने पर घोर अत्याचारी हो उठे थे। राजमहल से चला वह दमनचक्र अब थमने का नाम नहीं ले रहा था। मैं सोच रहा था कि समय के साथ और मेरे रुचि न लेने पर यह चक्र स्वतः समाप्त हो जाएगा, पर ऐसा नहीं हुआ। वर्षों से मृतप्राय पड़ी सीनेट में पता नहीं कैसे चेतना का प्रादुर्भाव होने लगा। राजा के कृत्यों पर सीनेट ने अपना दुःख प्रकट किया। सीनेट का असंतोष बढ़ते-बढ़ते सैन्य-शिविरों तक पहुंच गया। रोम के लोगों में अपने पूर्वजों जैसा शारीरिक बल भले ही न रहा हो, पर उनके जैसी मेधा अब भी है।

मैं तीस वर्ष का हुआ तो मां की याद आई। वह होती तो वर्षगांठ पर मेरी बलाएं अपने ऊपर लेती। उसकी अनुपस्थिति में कितनी ही बलाएं मेरे पीछे पड़ गई हैं। रोम-शासित अर्मीनिया, जुडेआ आदि से विद्रोह होने की खबरें आ रही हैं। मैंने तत्काल सैनिक परिषद की बैठक बुलाई। परिषद में मेरे द्वारा नामित अधिकारी ही उपस्थित हुए। उन्होंने बताया कि अपनी सेना में भी विद्रोह की स्थिति पैदा हो गई है। उधर फ्रांस, अफ्रीका तथा स्पेन स्थित रोमन सेनापतियों से भी सैनिक सहायता की आशा नहीं की जा सकती थी क्योंकि रोम की नाजुक स्थिति देखकर उन सेनापतियों ने स्थानीय सत्ता स्वयं ग्रहण कर ली थी और स्वाधीन हो गए थे।

चारों ओर से घिर जाने पर मैं हताश हो गया। मुझे लगा मेरी मृत्यु अब निकट ही है। सोचा जलता हुआ अंगारा निगलकर आत्महत्या कर लूं। हैरेस भी खतरे को भांप रहा था। उसने मुझे रोम छोड़कर अज्ञात स्थान को चले जाने की सलाह दी। भेंड़ के मेमने की तरह नम्र रहने वाला हैरेस मेरा सच्चा वफादार निकला। उसने मेरे साथ चलने की पेशकश की। मैंने मना कर दिया क्योंकि इस समय मेरे प्रति उसकी खुली स्वामिभक्ति उसके तथा उसके परिवार के लिए घातक होती। मेरे कहने से उसने अपना परिवार अपने पैतृकगृह भेज दिया।

एंटियम के पास एक गुप्त स्थान पर मैं नितांत अकेला रह गया हूं मेरी लीरा राजमहल में ही छूट गई है। हैरेस ने स्वयं आकर मुझे संदेश दिया कि

मेरी अनुपस्थिति में मेरे ऊपर मुकदमा चलाकर मुझे सीनेट द्वारा मृत्युदंड की सजा सुनाई गई है। मेरे चारों ओर अंधकार है, प्रकाश की कोई किरण नहीं ...मां भी तो नहीं है।"

डायरी यहीं समाप्त हो जाती है, पर इतिहास बताता है कि निराश नीरो ने विषपान करने से पूर्व यह डायरी और अपनी दौलत हैरेस को सौंप दी थी। मरने से पूर्व नीरो ने कहा था–'हाय! संसार कितने बड़े कलाकार से वंचित हो रहा है।

इसके बाद सब समाप्त।